Thomas C. Breuer, geb. 1952 in Eisenach, lebt als freier Schriftsteller in Heidelberg; seit 1977 auch als Kabarettist unterwegs auf Kleinkunstbühnen überall da, wo man ihn versteht, bevorzugt in Deutschland und der Schweiz, aber auch in Nordamerika. Weit über 1700 Auftritte. Regelmäßige Rundfunkarbeit für HR, WDR, SWR.
Stadt Land Blues ist sein 17. Buch.

Thomas C. Breuer

STADT LAND BLUES

MaroVerlag

Lektorat: Bernd Oehler
Gesamtgestaltung: Andrea Reuter

© 2000 MaroVerlag, Benno Käsmayr, Augsburg
Alle Rechte vorbehalten

Originalausgabe: 1. Auflage Juli 2000

Gesamtherstellung: MaroDruck, Augsburg

Ein Titelsatz für die Publikation ist bei Der Deutschen Bibliothek erhäitlich.
ISBN 3-87512-252-6

Info: www.tc-world.com

*Y'know my heart keeps telling me
You're not a kid at thirty-three
Y'play around y'lose your wife
Y'play too long you lose your life.
I got my pills t'ease the pain
Can't find a thing t'ease the rain
I'd love to try and settle down
But everybody's leavin' town
Some gotta win, some gotta lose
Good-time Charlie's got the blues.*

Danny O'Keefe

NO SHOES, NO BLUES, NO SERVICE

„Home is where my anrufbeantworter is", sagte man vor der Erfindung des Mobiltelefons. Als ich vor einem Vierteljahrhundert zu meiner Rundreise startete, gab es nicht mal Anrufbeantworter. Einiges hat sich in Deutschland verändert seit Hitler: auf den gemischten Obstkuchen findet man gelegentlich Kiwischeiben. 25 Jahre auf der Straße, auf der Schiene. Reisen bedeutet unermüdliches Studium der Geistesgegenwart sowie der Situationskomik. Deutschland ist ein Neufundland. Man richtet sich zwangsläufig ein in so einem Leben, es gewinnt mit der Zeit sogar autobiographische Züge. Im Lande der Binsen gilt als Sinnspruch, die Erde sei ohnehin bloß eine Durchgangsstation auf dem Weg in die Hölle. Man wird zum Männerhasser: Eckenbrunzer, Stumpenraucher, Hymnengröler, Skatdreschflegel. Frauen fallen einem unterwegs weniger unangenehm auf, es sei denn, es handelt sich um einen Kegelclub aus Frechen. Das Reiseleben hätte ewig so weitergehen können. Eines Tages jedoch gelange ich nach Ingolstadt und lande in einem Hotel mit eigenem Entschuldigungsservice: exakt um 7:30 h und 8:15 h klopft es heftig an die Tür, auf mein unwirsches „Ja!" antwortet jedesmal eine Stimme: „Entschuldigung!" Ich stehe auf, besorge mir die *Süddeutsche* am Zeitungsstand sowie ein *Überraschungsei*, in dem ich dann diesen hochkarätigen Diamanten finde. Geschätzter Wert: 3,8 Millionen. Nie wieder reisen! „Wohin jetzt?", fragt der Taxifahrer. „Nun, wenn es in dieser Stadt keinen Flughafen gibt, werde ich wohl zum Bahnhof müssen!"

Nach geraumer Zeit daheim, als Gesäßirritationen und andere Reisekrankheiten sich verflüchtigt haben und mir die Knechtschaft des rasenden Stillstands zu arg wird, ist sie wieder da, die Wanderlust. Seither sitze ich häufiger auf meiner Waschmaschine. Der Soundtrack, wenn sie vom Schleudergang langsam herunterrotiert, erinnert mich an ein Flugzeug, das gerade angedockt hat und die Triebwerke runterfährt. Ich muss los, bevor ich am Ende im eigenen Wohnzimmer zusammenbreche wie Jack Kerouac. Dem Vernehmen nach soll im ausgehenden 20. Jahrhundert in München eine Todesanzeige erschienen sein, die mit den Worten begann: „Und tschüss!"

DER BLUES DES HEIMATVERTRIEBENEN

Mir ist ein Höllenhund auf den Fersen (Robert Johnson), den eigenen Lebensraum nutze ich als Transitstrecke (Frederick Vester) ... schöne Sprüche, aber der Original-Heimatvertriebene hält sich nicht mit Pfingsttreffen auf, sondern lamentiert unterwegs, pflegt den Gospel des Reisens, erodiert freilich irgendwie dahin, er kann nicht anders. Ein unruhiger Geist hat ihm in die Wiege geflüstert: „Junger Mann zum Mitreisen gesucht", und Woody Allen hat ihn ermahnt: „Man muss ein bewegliches Ziel abgeben!". Von den Schokoladenseiten des Lebens bekommt man eh nur verschmierte Finger. So in etwa stellt er sie dar, seine Passionsgeschichte, die schlichten Hummeln im Hintern. So kaschiert er Ängste, bei längerer Anwesenheit durchschaut zu werden bzw. unverstanden zu bleiben. Ein großangelegtes Ablenkungsmanöver, das weitere Macken wie Konzentrationsschwächen, innere Emigration, Nichtzuhörenkönnen, Flucht vor Verantwortung, präsenile Bettflucht, Fimose u. ä. kaschiert.

„Oh public road – you express me better than I can express myself. You shall be more to me than my poem!" An diesem Glaubensbekenntnis von Walt Whitman rackert er sich ab, bis er's selbst glaubt, und wenn noch wer anderes drauf reinfällt, ist er selig. Glatt und polyglott, notfalls für ein Nasenwasser.

Überall zuhause bedeutet nichts anderes als sich nirgendwo richtig auszukennen. Einziger Vorteil: eine gewisse Abgeklärtheit, die einem gestattet, bei gänzlich unbekannten Duschsystemen unverzüglich hinter die Geheimkombination zu kommen. Anlässlich einer weiteren Episode von „Länder, Menschen, Abenteuer, Tiere, Sensationen" gerät der *global player* vielleicht irgendwann zufällig an einen Ort außerhalb des D2-Festnetzes, wo es gar nichts nützt, das Handy im wasserdichten Beutel an die Dusche zu hängen – vielleicht da ...? Und dann versteht man sein eigenes Wort nicht, weil der verdammte Höllenhund wieder zu kläffen angefangen hat.

TRAVELING SALESMAN BLUES

Gräfelfing (AP) – „Mitarbeiter, die jährlich mehr als viermal dienstlich in die Ferne reisen, werden signifikant häufiger wegen körperlicher und psychischer Beschwerden behandelt als ihre Kollegen vom Innendienst. Dies ergab eine Studie des Medizinischen Dienstes der Weltbank unter 11 000 Bankangestellten, so die *Medizinische Praxis*. Als Gründe vermuten die Wissenschaftler die Trennung von der Familie, fremde Sprachen und Gebräuche, Berufsstress sowie Schlafstörungen wegen des time lags." (aus der *Süddeutschen Zeitung*, Juli 1997)

Heul doch!

Vertreter für Socken, für Politik, für Kultur, das nimmt sich nichts. Alles Handlungsreisende. Frontschweine. Nur hüte man sich, Vertreter im Buchhandel als solche zu definieren, sie verstehen sich mindestens als Kulturbotschafter, als Repräsentanten der Hochkultur, versteht sich, hier geht es nicht um *Bötels' Posaunenfett*. Aber selbst diese Kollegen sind nicht gegen die üblichen Einsamkeitsanfälle gefeit, zwischen den Koordinaten Selbstmitleid und Genussgiftverherrlichung, das zieht sich unerbittlich durch alle Branchen.

Für Diogenes reiste mal ein sagenumwobener Spesenritter, der seine Einsamkeit mit vorgetäuschten Heimaten im Zaum hielt: in jeder bedeutenden Stadt saß eine barmherzige Buchhändlerin, die ihm Obdach, Bratkartoffeln und Streicheleinheiten verabreichte. Hachja! Einsame Wölfe sind zum Heulen! Augie Meyers von den *Texas Tornados* erzählte in einem Interview einmal, er hätte schon mal den Zimmerservice angerufen, als er zu Hause war. Bei mir daheim würde womöglich sogar jemand abnehmen. Der Kinkel hat bei seinen unzähligen Dienstreisen oft erst hinterher erfahren, wo er gerade gewesen ist. Hans-Dietrich Genscher musste man sogar nach seiner Pensionierung einen Flugsimulator ins Schlafzimmer stellen, sonst hätte der gar kein Auge zugekriegt. Gute Nacht!

DER BLUES DES TOURNEEREISENDEN

Eric Burdon auf die Frage, ob ihm nach vier Dekaden Auftritte noch Freude bereiten: „Die Auftritte sind nach wie vor ein Riesenspaß. Ich werde fürs Reisen bezahlt!" Interessant in diesem Zusammenhang allerdings einige Details aus seiner Bühnenanweisung, die mir mal ein Veranstalter aus der Südheide verraten hat; u.a. enthält diese 2 Flaschen Whiskey und 1 Sauerstoffgerät. Ich bin ein Gernreisender, die Auftritte finanzieren ein teures Hobby. Gut, sie stören den Reiseverlauf beträchtlich, aber damit kann ich leben. Dafür muss ich nicht in Ferien fahren, ich orientiere mich da gerne an Quentin Crisp: „The most you can expect from a holiday is a change of agony!" Ich nehme Reisen als solche, bin gerne zu früh am Bahnhof oder Flughafen, nicht aus Angst, zu spät zu kommen, wie manche argwöhnen, sondern um mich einzustimmen auf den Akt den Reisens. Wenn man so will, praktiziere ich Zen in der Kunst des Wegfahrens. Der Weg ist das Ziel. Stundenlang kann ich in Gepäckgeschäften herumstöbern, um doch wieder bei den silbernen *Rimowa*-Koffern zu landen, ja, ich bin bekennender Zeuge *Rimowa*, auch wenn mir viele Leute sagen: „Da sieht man doch jeden Kratzer drauf!" Genau, darum gehts doch: nirgends lässt sich Globetrotterigkeit besser beweisen als mit einem ramponierten Gepäckstück, man braucht nicht mal Aufkleber oder wie zufällig vergessene Gepäckzettel internationaler Fluggesellschaften. Ohne Schrammen und Dellen sind Koffer unglaubwürdig. Häufig wünsche ich mir, ich selbst wäre von geriffeltem Alu ummantelt, um mich unempfindlich zu machen gegen reiseimmanente Abnervungen wie Verspätungen, überraschende Gepäckumleitungen, pampiges (Airlines) bzw. nichtvorhandenes (Bahn) Personal. Trotzdem bleibe ich ein notorischer Dauerunterwegsler, das fing schon in frühester Kindheit an mit einem ungeahntem Erfindungsreichtum beim unerlaubtem Entfernen vom Schulgelände. Eines Tages wird mir mein Körper endgültig signalisieren: Nu is aber genuch! und dann müssen mehr Medikamente her und ich darf noch eine Weile als mobile Schadstoffsammlung umherreisen, bis man mich als illegalen Mülltransport aus dem Verkehr ziehen muss. Aber dann sitzen immer noch die Fluglotsen im Tower unter meinem Haarschopf.

DER BLUES DES VERGNÜGUNGSREISENDEN

Oft sind die Scheiben des Zugs so schmutzig, dass dem Reisen etwas Mystisches anhaftet: weiß man doch nie genau, wo man sich befindet. Nur Koblenz kann man identifizieren, akustisch. „Warum ist es am Rhein so schön?" Ja, zur Hölle, warum eigentlich? Warum entern ausgerechnet ebenda sturzbetrunkene Reisegruppen den Zug? (Gut, die Stadt erlegt einem schwere Prüfungen auf, aber andere Städte sind nicht minder schrecklich...) Wieso verfügt der Wagenpark der *Deutschen Bahn* nicht über schallisolierte Ausnüchterungszellen? Wieso setzen sich Sonderzüge mit Fußballfans bzw. Wasen- oder Wiesntouristen überhaupt in Bewegung, wenn die meisten Teilnehmer der Promillepilger am Zielort zu besoffen sind, die Waggontüre zu öffnen? Täte es da nicht auch ein Fahrtsimulator am Ort?

Wenig später kreuzt der Betriebsausflug des Liegenschaftsamtes Neuwied meine Pfade, voll wie tausend Mann, und augenblicklich branden existenzielle Fragen an: Was? Für solche Leute rackere ich mich ab, damit die eine bessere Welt kriegen? Anderntags, ein *Intercity* im Anflug auf Stuttgart: Voller könnten Zug und Fahrgäste kaum sein. Auf der benachbarten Bundesstraße ein Stau, der aussieht, als wäre er von der Werbeagentur der Bahn kunstvoll arrangiert, um die Fahrgäste von den Vorteilen des Schienenverkehrs zu überzeugen. Ein überzeugendes Gesamtkunstwerk, hätte dieser Zug nicht über eine Viertelstunde Verspätung. Mein Sitznachbarin sagt: „Möcht' nor wisse, wo die alle hinwellet!"

„Nach Cannstatt", sage ich. „Zum Volksfest!"

„Ja!", nickt sie. „War i au scho!"

Oft aber müsste Bahnfahren vergnügungssteuerpflichtig sein, dann sind es die Bediensteten selbst, die für Kurzweil sorgen: „Zwischen Kassel und Göttingen servieren wir Ihnen vorübergehend eine kleine Zwischenmahlzeit!" Kleine, geschliffene Miniaturen, die sich selbst der kühnste Autor nicht ausdenken kann. Ohne sie: Entzug. Daher Dank, Dank, Dank.

ÜBERLAND 1: BINGEN-KOBLENZ

13 Millionen Jahre bevor der Mensch auf der Bildfläche erschien, flogen Pelikane schon die Pazifikküste entlang. Nur unwesentlich kürzer frequentiere ich die Rheinstrecke. Amerikaner, Japaner geben Unsummen dafür aus, einmal in ihrem Leben zwischen Bingen und Koblenz reisen zu dürfen. Ein gebenedeiter Landstrich mit landschaftlichen Höhepunkten sonder Zahl, der es sich leisten kann, direkt gegenüber dem mythenüberfrachtetsten Punkt überhaupt – der Lorelei, diesem zu Stein erstarrten Blondinenwitz – eine raumgreifende Baustoffhandlung anzulegen. Der Fels drängt sich als deutscher Mt. Rushmore geradezu auf: Adenauer, Erhard, Strauß und Kohl, einen besseren Ort findst du nit! Erzähle mir keiner, dass die Pläne nicht bei irgendeinem Ministerialdirigenten in der Schublade ruhen.

Für mich ist der Rhine River Canyon schnöder Alltag, wie übrigens jahrzehntelang für unsere Volksvertreter auch, die sich montagsmorgens von ihrem Heimatort in Richtung Bonn in Bewegung setzen mussten. Wer sich einen detaillierteren Blick auf die Zustände in diesem Land verschaffen wollte, konnte dies vortrefflich im Speisewagen bewerkstelligen, vor allem, wenn sich unter den Repräsentanten des Staates um neun Uhr morgens tiefste Bestürzung breitmachte, weil bereits in der Höhe von Bacharach die Jägermeistervorräte zu versiegen drohten. Hilfe von der Helikopterstaffel der Magenbitterbereitschaft des Bundestages stand in solchen Fällen selten zu erwarten, befand man sich hier doch im größten zusammenhängenden Funkloch der Republik. Ein weiteres Manko: häufig war die Elite in entscheidenden Momenten von wichtigen Entscheidungsprozessen abgekoppelt, gefangen in einer 50 km langen Folterkammer – wen wundert da noch die Talfahrt der BRD in den 90er Jahren?

Ein weiser Entschluss, die Hauptstadt nach Berlin zu verlegen und eine Direktverbindung von Bonn nach Berlin mit nur einem Zwischenstopp zu installieren. Der Halt in Wolfenbüttel wird im Jahre 2004 wegfallen, wenn alle neuen ICE-Züge mit einem eigenem Jägermeistertankwagen ausgerüstet sind.

MAINZ

Eine Stadt, der ich eigentlich zu unbedingtem Dank verpflichtet bin, wurde hier doch schon vor Jahrzehnten das Kabarett erfunden, irgendwann in den Sechzigern, und wie nebenbei die Kleinkunst entdeckt, und das Chanson sowieso, und, wo sie gerade dabei waren, selbstverständlich auch die Comedy, wenngleich später. Wiewohl mich mit dieser Stadt vorwiegend Merkwürdigkeiten verbinden: Mainz versammelt jede Menge Bekannte, die ich in all den Jahren subversiver Kleinarbeit in Hachenburg, Linz oder Landau als sog. Kulturpfleger kennenlernen durfte, jetzt durch die Bank staatstragend in Amt & Würden. Wer weiß, wie ihnen das bekommt, ich bin in Sorge.

In Mainz durfte ich mal einen dieser endlosen Sonntagnachmittage im Kino zubringen. Der Film sprang von Schauplatz zu Schauplatz, allesamt Orte, die mir vertraut waren. Nach dem Abspann wurden die Zuschauer durch einen Nebenausgang in eine Seitengasse geleitet, und ich fand mich in einer Fußgängerzone wieder, die mir so gar keinen Anhaltspunkt dafür lieferte, in welcher Stadt ich mich gerade aufhielt. Autos mit verräterischen Kennzeichen gab es keine, die *Nordsee*-Filiale sah aus wie in Würzburg, die *Douglas*-Dépendance glich der in Münster, der *Kaufhof* ähnelte seinem Verwandten in Göttingen. Mainz mag zwar Mainz bleiben, aber hier war ich überall und nirgends. Enorme Dankbarkeit erfüllte mich für die Erkenntnis, mich überall in Deutschland auszukennen. Die weißen Flecken auf der Landkarte sind kein *Tipp-Ex* und sie bleiben weiß, selbst wenn man sie einmal der Mühe einer näheren Prüfung unterzogen hat. Bzw. weil.

INGELHEIM

Ich hätte Glück, meint einer, wegen des Golfkriegs sei ein nicht unbedeutender Fastnachtsball abgesagt worden. Ich weiß gar nicht, was mich mehr verstören soll: dass mein Glück vom Golfkrieg abhängig ist oder Fastnacht hier eine Konkurrenz zum Kabarett darstellt. Mir persönlich ist schon eine Wandverkleidung zuviel. Bis dato bin ich jedenfalls davon ausgegangen, dass mein Publikum nicht deckungsgleich mit der Spaßelite ist. Ups! Mich wird jedenfalls so schnell keiner zum Sponheimer Altar wallfahrten sehen.

Wenns dann mal soweit kommt, dass wegen eines Auftritts von mir ein ganzer Krieg abgesagt wird, darf ich allmählich ans Aufhören denken.

LAHNSTEIN

Schwer zu glauben, dass New Orleans und Lahnstein auf ein und demselben Planeten liegen sollen. Was treibt den Blues nur nach Lahnstein? Blues pur ist die Bahnhofsunterführung von Oberlahnstein. Die Geruchskomposition entstammt der Feder des rumänischen Odoramavirtuosen Urinal Latrinescu. Blues ist auch der Cappuccino im nahegelegenen Café, eine abenteuerliche Plörre mit belgischer Sprühsahne, die aussieht, als habe man sie neulich von Lüttich herübergepumpt. Der prominenteste Bürger der Stadt heißt Rudolf Scharping. Der psychedelische Teppichboden der Stadthalle in den moldawischen Nationalfarben, unverändert seit 1972, bietet auch wenig Trost. Früher konnte er einen besoffen machen, ohne dass man einen Pfennig ausgeben musste. Jetzt lockern die Intarsienarbeiten aus zertretenen Zigarettenkippen die strenge Geometrie des Musters auf. Nächstes Wochenende findet in diesen Räumlichkeiten die über die Grenzen des Rhein-Lahn-Kreises hinaus bekannte „Mittelrheinische Kaninchenausstellung" statt. Hier ist übers Jahr nicht allzuviel los, sieht man mal vom Lahneck-Festival ab und von Rudi Scharpings traditionellem Fahrradunfall, koppheister und vielbejubelt, und natürlich gibt es das Bluesfestival im Lahndelta, und da haben wir gerade Umbaupause. Gehörigen Blues verbreitet jener Mensch, der da soeben auf mich zudrängt, dessen Gesicht mir vage bekannt vorkommt, was aber nichts heißen will. Ist sich nicht zu schade für den flotten Spruch „lang nicht mehr gesehn und doch noch gekannt!" In Windeseile finden wir heraus, was wir uns zu sagen haben, nämlich nichts. Zum Abschied huscht ein Lächeln über sein Gesicht. „Kennst du noch den Bodo?", fragt er, bevor ich mich loseisen kann. Ich nicke vage, ich muss zurück zur Bühne: „Ja, irgendwie ..." „Sitzt im Rollstuhl. Und den Raimund?" „Äh ..." „Hat Krebs!"

BAD EMS

Keinen Schimmer, warum die ausgerechnet mich zum 150-jährigen Jubiläum eingeladen haben, hochoffiziell mit Ansprache des Direktors, Blumenstrauß, alles für teuer Geld. Nun gut, der Regisseur John Waters hält heute gegen horrendes Honorar Vorlesungen an der Filmhochschule von L.A., von der er Jahre zuvor achtkantig geflogen ist. In Ems müssen die vollkommen vergessen haben, dass ich der Schrecken aller Lehrer war... Die wenigsten von ihnen dürften mittlerweile noch unterrichten, viele haben das Zeitliche gesegnet und einer ihrer Sargnägel war ich. In aufgeräumter Stimmung erzähle ich beim Auftritt von meinem Biologielehrer, der seinerzeit ein Verhältnis mit der Kellnerin im Café meiner Eltern hatte. In dem Moment, als er wusste, dass ich wusste, und wie wenig die Geschichte mit den Bienen zu tun hatte, über die er allen Ernstes gerne dozierte, verbesserte sich meine Note dramatisch. Nach dem Auftritt berichtet meine Mutter, ein anderer Biologielehrer, längst pensioniert, sei während der Pause hochroten Kopfes mit seiner zum Schwur erhobenen rechten Hand auf den Direktor des Gymnasiums zugeeilt, den das eigentlich überhaupt nichts anging, weil er seinerzeit wahrscheinlich selbst noch Pennäler war, um ihm zu versichern, *er* habe niemals ein Verhältnis mit unserer Kellnerin gehabt!

Jahrelang hat mich von dieser Schule ein Traum verfolgt: Chemieunterricht. Fast alle Schüler sind geprüft, es läuft unweigerlich auf mich zu, der ich natürlich keinen Schimmer von Chemie habe. Angstschweiß, Herzklopfen, panisches Erwachen usw. In der Pause jenes denkwürdigen Auftritts kommt nun mein damaliger Chemielehrer auf mich zu und lässt sich ein Buch signieren. Der Alptraum ist seither wie weggeblasen. Wenns nur immer so einfach wäre!

HACHENBURG

Vor ein paar Wochen, erklärt mir ein Einheimischer, hat hier ein Skinhead einen kurdischen Asylbewohner niedergestochen. Das erzählt einem hier eigentlich jeder mit der angemessenen Empörung, wie ich während meines Besuches feststellen darf, und bei manchen, ich kann mir nicht helfen, schwingt unterschwellig ein bisschen Stolz mit. Die sublime Botschaft lautet: „Wir sind hier gar nicht so hinterm Mond, wie viele glauben!"

ERNÄHRUNGSBLUES

Die Versorgungslage des reisenden Künstlers ist eine dramatische, das beginnt morgens mit dem Nullwertbuffett im Hotel und endet an der „Antipasto-Oase" im *Schlemmerland*. Tagsüber ist er an das landesübliche Imbissangebot gebunden. Hier tun sich vor allem Bäcker unrühmlich hervor. Die traditionellen Brotgebiete des Menschen haben sich dramatisch verändert. In der Fußgängerzone macht bald jeden Tag eine neue Bäckerei auf. Vermehren sich rapide, wie – Entschuldigung! – Bakterien. Natürlich keine gewöhnlichen Bäckereien, nein, das klingt denen zu altbacken. Muss immer was besonderes sein. Backparadies, Teigboutique, Broteria. Nehmen Sie die Wiener Feinbäckerei. Ich habe genau beobachtet: die werden jeden Tag beliefert von einem Fahrzeug mit Offenbacher Kennzeichen. Excusez, es gibt wohl kaum eine Stadt, die unwienerischer ist als Offenbach. Nicht selten wollen einem die Mehlstaubschlampen in den Bread-Factory-Outlet-Centern Vollkornbrötchen andrehen – voll Korn, am frühen Morgen! Sesam, Mohn, Sonnenblumen, Gallensteine. Manche Brötchen gibt es nur in einer limitierten Auflage, handsigniert vom Maestro. Der Gipfel der Demütigung ist *Cult 1* – der *Bifido-Aktivator* räumt auf! Sagte mal eine Bäckereifachverkäuferin zu mir: „Wenn Sie eine gesunde Darmflora haben möchten, sollten Sie eines von diesen proidiotischen Brötchen probieren!" *Cult 1* – demütigend, so einen albernen Namen überhaupt in den Mund nehmen zu müssen! Tönt ja schlimmer noch als „Schümli"!

Die Theken moderner Bäckereien sind allesamt aus Vergrößerungsglas, damit die winzigen Brötchen überhaupt mit menschlichem Auge wahrzunehmen sind. Das ist Kleinkunst! Ganz arg ist es geworden, seit sie sich dem Snackgeschäft verschrieben haben. Da nötigen sie einem verbrannte Einlegesohlen auf, Schuhgröße 46, mit Käse überbacken, diesem geschmolzenen Geschmacksbetäubungsgouda aus Holland, dieser elenden Tomatentundra, pures *non food*. Holländer! Was André Rieu der Musik antut, machen seine Landsleute mit dem Essen! Da wird sogar Käse mit Käse überbacken. Und damit sind wir nicht mal am Ende der Nahrungskette angelangt! Dort finden sich nämlich diese verdammten obligatorischen Salatblätter und Gurkenscheiben in belegten Brötchen! Nichts weiter als Entknusperungs-Schambegrünung, die einen obendrein davon ablenken soll, dass die Salami von einem überfahrenen Pudel stammt.

KOBLENZ

Tucholsky hat diese Stadt stets Kolbenz genannt, angeblich, weil man das besser aussprechen kann, wenn man betrunken ist. Auf alle Fälle ist Koblenz die Stadt, in der im IC die älteren Herrschaften aufzustehen pflegen, um den Mantel anzuziehen und das Gepäck zu richten, wenn sie in Köln aussteigen müssen. Koblenz ist die größte Garnison der Union, ich habe dort allerdings meinen Zivildienst absolviert. Koblenz ist die Stadt, die heute im Terminkalender steht: eine Lesung in der Handwerkskammer. Ich und Handwerk, au weia, wenn die wüssten ... Ich habe zeitlebens versucht, mangelnde handwerkliche Fähigkeiten mit entsprechendem Mundwerk zu kaschieren.

Der Roman ist endlich erschienen und bedarf öffentlicher Pflege. Wenn ein Verlag einen Autor auf Lesereise schickt, nennt man das Marktdurchdringung. Da ein Teil des Romans in Klobenz spielt, feiern wir das unter dem Aspekt „Der Täter kehrt immer zum Tatort zurück" und mit der Lesung gleichzeitig das Revival unserer alten Band. Die *Königsbacher Brauerei* spendiert, weil sie im Buch erwähnt wird, jedem einen Kasten Bier, da lassen sie sich keinesfalls lumpen, und wir gießen uns ordnungsgemäß einen auf die Mütze. Auf dem Rückweg haben wir diesen kuriosen Unfall auf der Hunsrückhöhenstraße und ich hauche bühnenreif mein Leben aus, ein Traum wird wahr: ich werde spornstreichs berühmt, das Buch gerät zum Megaseller und die *Königsbacher* sponsort die Bestattung, auf der viele Musiker spielen, die sich hinterher ordentlich die Kante geben, um dann auf der Hunsrückhöhenstraße usw.

Ich muss eingeschlafen sein. Sieht nach Bingen aus da draußen. Bin wie gerädert. Das macht sicher der Zeitunterschied zwischen Neckartal und Mittelrhein. Ich ziehe mich vorsichtshalber schon mal an und gehe zur Türe. Dieser Markt will schließlich optimal vorbereitet durchdrungen sein. Gerade Kobelnz.

BLUESMUSIKER

Es ist nicht so, dass ich gegen Blues etwas hätte. Ich finde es höchstens schade, dass er so langweilig ist. Meistens jedenfalls. Der unnachgiebige Begriff „Blues-Schema" spricht Bände. Ich meine Blues als Musik, nicht als Lebensgefühl. Hier nun eine kurze Nachlieferung zum Roman „Sekt in der Wasserleitung". Tja, hätte ich damals investigativer recherchiert, hätte sich diese Episode nahtlos/klaglos ins Buch gefügt ... Man kann nicht alles haben ...

Selbst Bluesmusiker können den Blues kriegen. Irgendwann klingelte bei Siggi Christmann, dem ich allen Dank in Sachen Bluesgeschichten schulde, in Koblenz das Telefon. Da begehrte wer vom Flughafen Frankfurt zu wissen, wie denn mit einem Herrn Minter zu verfahren sei, der gerade frisch aus den USA eingetroffen wäre, auf der Weiterreise nach Wien. Ob es denn ein Problem gäbe, wollte Siggi wissen. Nun, sein Übergepäck würde im Transfer mehr kosten als sein Transatlantikticket. Siggi ließ sich mit Mr. Minter, eher bekannt unter dem Namen Louisiana Red, verbinden: „Was hast Du denn alles an Gepäck dabei?" Sagte Red: „Ich gehe nie mehr zurück nach Amerika, ich bleibe in Europa!" Seinen gesamten Hausstand hatte er da auf dem Flughafengelände ausgebreitet, incl. Pfannen und Töpfe, Messer und Gabel. Er war sich wohl nicht sicher gewesen, ob in Europa derlei Gerätschaften überhaupt bekannt waren. Einen spontanen *garage* oder *yard sale* auf dem Gelände gestatteten die Behörden nicht, so wanderte der ganze Kram auf den Müll (bzw. in die Haushalte wenig begüterter Bediensteter).

Miefig ist es überall, in Amerika, sogar auf dem Frankfurter Flughafen. Wie beschied einer aus der alten Garde die Flugbegleiterin beim Betreten des Aeroplans: „Ich möchte keinesfalls am Gang sitzen. Ich bestehe auf einem Fensterplatz, ich brauche frische Luft!"

MAYEN

In der Vordereifel gibt es eine Region, die selbst die Eingeborenen den „Todesstreifen" nennen. Der Veranstalter hatte mir vorher einen kleinen Prospekt geschickt über die Stadt Mayen, der mir diesen wunderbaren Satz spendierte: „Die vier Stadtteile von Mayen" (einer davon hieß tatsächlich Alzheim, die anderen, äh, ...) „haben sich ihre eigene Note bewahrt." Das, finde ich, ist der gelungenste Euphemismus für den Satz „Hier ist schon seit Jahren nichts mehr gemacht worden!"

Hinterher Essen mit den Veranstaltern, in dem Fall die örtlichen Paten der SPD. Dazu gesellt sich der Vertreter der Weltpresse in Gestalt eines Tschechen resp. Slowaken, der tags zuvor erst von seinem Besuch in der tschechischen bzw. slowakischen Botschaft im fernen Bonn zurückgekehrt ist, wo man anscheinend einen schwunghaften Handel mit Zigaretten betreibt, wohl um die horrenden Stromrechnungen bezahlen zu können. (Dem moldawischen Außenminister haben sie bei einem beabsichtigten Grenzübertritt nach Österreich einmal den Dienstwagen konfisziert, weil der Computer diesen als gestohlen denunzierte.) Wie dem auch sei: er öffnet eine riesige Tasche, darin finden sich die Stängel stangenweise, von den Anwesenden offensichtlich sehnlichst erwartet. Im Nebenberuf ist dieser Mann also Hoflieferant, und gut stehen die Chancen, daß der Führungsetage der Mayener SPD ein frühzeitiger Generationenwechsel wegen Lungenkrebses bevorsteht. Was uns Außenstehenden wiederum den Begriff „Todesstreifen" begreiflicher macht.

TRIER

Vor allem Karl Marx hat Trier auf die Landkarte gebracht, auch wenn er kein Römer war. In seiner Berühmtheit wird er von Guildo Horn übertroffen. Einmal jährlich wird dessen Leintuch vom legendären Auftritt in Birmingham der Öffentlichkeit zugänglich gemacht. Die Stadt Trier und namentlich ihre christdemokratische Administration haben den Genossen M. wenig genossen, hier hält man sich an den Sinnspruch „Lieber im Gesangsverein als in der Gewerkschaft". Bis zum Zusammenbruch der sozialistischen Systeme suchten Kommies und Honeckermänner Trier in beängstigender Zahl heim, das ganze hochrangige Politpersonal des Ostens drückte sich die Klinke in die Hand, und der jeweilige OB musste sich süßsauren Gesichtes Elogen auf den großen Genossen Karl anhören. Konsequenterweise hat man daher den Massen den Zugang zum Geburtshaus des famosen Theoretikers erschwert. Man findet es unter großen Mühen in der Brückenstraße, welche aber mitnichten zur Römerbrücke führt, sondern die Verlängerung der Karl-Marx-Straße ist, die einem, man ahnt es bereits, den direkten Zugang zur Brücke ermöglicht. Der Erfolg ist riesig: noch heute sieht man kleine Pulks aufgeregter Popelinechinesen durch die Fleischstraße irren, wo sie sich dann notgedrungen vor architektonisch relevanten Gebäuden ablichten lassen wie dem *Horten*.

Das 2000-jährige Jubiläum als älteste Stadt Deutschlands zelebrierte Trier 1984, knapp zwei Jahre nach den 2000-Jahre-Feierlichkeiten der Stadt Augsburg. Das römische Erbe ist überall präsent. Jeder Spatenstich wird argwöhnisch von Repräsentanten des Trierschutzvereins begleitet. Die Chance, dass es mit der geplanten Tiefgarage wieder nichts wird, ist groß, wenn stattdessen wieder irgendwelche Thermen freigelegt werden. Selbst gewöhnliche Bauherren bzw. Bauarbeiter haben nichts zu lachen. Mir wurde die Geschichte eines „Strippenziehers" (Kabellegers) der *Telekom* kolportiert, der bei Ausschachtungsarbeiten auf ein steinernes, rundes Etwas stieß. Er fragte den Baggerführer nach dessen Bewandtnis. „Kannstet Maul haalen?", fragte der. Der Finder nickte. „Dat es'n aalen römischen Brunnen!" Sprachs, knallte das Kabel rein und kippte Erde drüber.

PRÜM

Das Schild mit den Städtepartnerschaften weist noch blanke Stellen auf, da sollten wohl irgendwann mal welche hinzukommen. Bei Grabsteinen ist das ähnlich. Die Suche nach Kandidaten scheint sich indes dahinzuschleppen, denn die weißen Flecken haben bereits Patina angesetzt. Es ist jedoch ein anderes Schild, das mir die Nackenhaare senkrecht stellt: „Luftkurort". Von solchen Lokalitäten werden gerne Ansichtskarten verschickt, auf denen nur noch Stimmung, Verpflegung und Wetter angekreuzt werden müssen. Damit man wegen der unablässigen Sauerstoffangriffe nicht zugrunde geht, hat man Pilsstuben eingerichtet, in denen hinter Rauchglaswabenfenstern rund um die Uhr Stumpen, Zigarillos und Zigaretten zum Einsatz gelangen.

Prüm hat es zu ein paar Ampeln und einigen Flachdachbungalows gebracht, die man wie eine Gullivertreppe in den Hang gesetzt hat. Die Stadt wurde nach dem Krieg geradezu märklinhaft wieder aufgebaut. Nur die alte Benediktinerabtei hat die Zeitläufte überdauert, regungslos liegt sie mitten im Zentrum wie ein fetter Puter, der mit einem sauberen Schuss vom Himmel geholt wurde. Der Rest des Ortes gluckt träge drumrum. Wenn man tote Steine mag, gibt es hier einiges zu sehen. Im Reiseführer wird der Riesenkrater, der einer Sprengstoffexplosion 1954 zu verdanken ist, als Sehenswürdigkeit geführt. Vieles gemahnt an den Tod: neben dieser Explosion preist man eine Schädelstätte, nicht weit eine Erhebung namens Schwarzer Mann, und die Abtei selbst hat geschichtliche Bedeutung durch die Gebeine Lothars I. erlangt, der hier vor mehr als elfhundertfünfzig Jahren gestorben ist. Die Stadt scheint noch immer zu trauern. Bei der Anordnung der Stuhlreihen im Veranstaltungsraum haben sich die Ortskräfte vom nächstgelegenen Soldatenfriedhof inspirieren lassen. Womöglich bringt die zweimal jährlich stattfindende Umstellung der Uhren von Sommerzeit auf Winterzeit und retour mehr Abwechslung ins Kulturleben. Stimmung, Verpflegung und Wetter sind jedoch in ausreichendem Maße vorhanden, nichts zu meckern.

Ruhe in Frieden.

BONN

Nach bald 25 Jahren kenne ich mich potentiell in jeder westdeutschen Stadt aus. Nur manchmal scheitere ich an nickeligen Details, wenn ich z.B. in Trier ein Chinarestaurant suche, das sich eigentlich in Bonn aufhält und dann die 46 nicht von der 47 unterscheiden kann. (Tangiert natürlich alles meine Großstadtkompetenz). Dabei habe ich alle Gründe, Bonn dankbar zu sein. Wenn ich einer bestimmten Politikervisage nicht dauernd in meiner Heimatstadt über den Weg laufen wollte, hatte ich immer die Möglichkeit, diesen Menschen nach Bonn wegzuwählen. Bonn war ein beliebtes Auffanglager für solche Gestalten. Und nun? Allein die Wortspiele, derer man ab sofort verlustig geht: Berlinvivant, Berlinaparte, kann man glatt vergessen. Dafür kommt das vielgerühmte Fledermaussekretariat der UN, obwohl: Was sollen die da, jetzt, wo die Blutsauger ausgeflogen sind.

Eine Zeitlang habe ich mich mit dem Gedanken getragen, nach Bonn zu ziehen. Als Bundespräsident natürlich. Dann wäre alle Last mit einem Schlag von mir abgefallen, mit der Vehemenz eines Eisklumpens aus einer Flugzeugtoilette in den Vorgarten eines arglosen Zeitgenossen, und ich hätte zu allen Themen weltbewegende Dinge sagen können und alle Sünden von früher wären vergeben gewesen. Immer Publikum, durch das nicht selten kollektiv ein Ruck gegangen wäre. Da wird wohl nichts mehr draus, nach Berlin will ich unter keinen Umständen, auch nicht gegen eine Extraportion Curry.

HÜRTH

Gemeinwesen wie diese müssen dringend unters Brennglas. Abwaschbare Bauten, die in die Peripherie einer Großstadt geschachtelt wurden, bei Hürth ist es Köln, dasselbe gibt es auch in München (... und suche mich nicht in Unterföhring ...) Abwaschbar (mit *Soap*?), blankpoliert, spiegelnd, glatt, wie die Protagonisten der Sitcoms, Knickebein statt Rückenmark, so glatt wie die Produkte, die dort heruntergekurbelt werden, acht Minuten pro Tag, seis Comedy, seis Talk. Dass der Ortsteil der rheinischen Version ausgerechnet Kalscheuren heißen muss, also wirklich! Und die unmittelbare Nähe der Beerso-Lackfabrik kann kein Zufall sein. Sehen so Humor-Biotope aus? Die Autoren, die für die Blödiane die Gags schreiben, hat man vorsichtshalber in schuhkartongroße, fensterlose, klimatisierte Zimmerchen gesperrt.

Talkshows werden erst aus diesem Land verschwinden, wenn jeder Bundesbürger mindestens zweimal in einer zu Gast war. Lange kann das nicht mehr dauern. Von deren Gastgebern sollte man ja verlangen, dass sie gut zuhören können. Eine Feldstudie: Ilona Christen. Thema: Liebespaare, die räumlich, also geografisch, voneinander getrennt leben müssen. Sagt ein junger Mann: „Meine Freundin wohnt 600 km weit weg und wir sehen uns nur alle zwei Wochen." „Aha...", die Christen darauf, „... und Ihre Freundin, wohnt die weit weg?" „600 km!", sagt der junge Mann, sichtlich irritiert. Fragt die Christen: „Und wie oft sehen Sie sich?" Entschuldigung, was ist eigentlich aus dem guten, alten Brauch der Christenverfolgung geworden? Oder aus dem Berufsverbot? Das hatte durchaus seine guten Seiten.

Hürth habe ich keine zwei Stunden ausgehalten. Dem Bahnhof war ich für seinen desolaten Zustand – zerschlagene Scheiben, ausgekippte Papierkörbe, unkrautumrankt – nachgerade dankbar, holte er mich doch vehement in die Zivilisation zurück. (Eine Kulisse vielleicht?) Wie dem auch sei: in Unterföhring brauchen Sie mich gar nicht erst zu suchen!

KLEINKUNSTBLUES

Erst den Kleinkram mit kleinlichen Veranstaltern erledigen, die es kleinzukriegen gilt. Die Branche spricht hier von Kleinhandel. Kleinstbühnen, Raum ist in der kleinsten Hütte. Kleinstädte. Geringe Besucherzahlen. Kleingeister oder Kleinkinder. Wuselige Kleinarbeit. Die Kunst: selbstredend kleinkalibrig, kleinlaut, kleinmütig, minimal. Alles in allem kleinmaßstäbig. Zum Schluss die Gage: eine Kleinigkeit. Der Künstler lässt sich in seinen Kleinwagen fallen und fährt nach Hause. Dort ist Schmalhans Küchenmeister.

Kleinkunst ist manchmal so winzig, dass man sie mit bloßem Auge kaum mehr wahrnimmt. Nur Kolibrijunge sind noch kleiner, dermaßen gar, dass ihre Eltern über dem Nest eine bifokulare Kopflupe anbringen müssen, andernfalls die Fütterung gar nicht klappen würde.

Aus diesen und anderen herabwürdigenden Gründen habe ich versucht, den Begriff „Bonsai-Art" auf dem Markt zu etablieren, auch der Globalisierung wegen. Doch mit solchen unbedeutenden Ansinnen hält sich die Weltgeschichte nicht auf. Allein, die Kleinkunst bietet auch Vorteile: man muss seine Rübe nicht ständig in die Kameras vernachlässigbarer Rateshows halten, um seinen Ruhm zu zementieren. Man muss sich nicht fortlaufend zusammenreißen. Man ist näher dran. Wenns letztlich bei der Kleinkunst bleibt, habe ich mir nichts vorzuwerfen: Habe stets nach Kräften versucht, zum geistigen und moralischen Verfall des Abendlandes beizutragen. (Gern geschehn.)

Wer die 40 weit hinter sich gelassen hat, sollte die wesentlichen Dinge des Lebens abgeschlossen haben: Den Weltfrieden bewahren, den Pulitzerpreis gewinnen, ein Haus zeugen und einen Sohn bauen bzw. zumindest eigenhändig 12 Wale retten. Halt heldenhafte Dinge erledigt haben wie z. B. Samstagmittag kurz vor Geschäftsschluss mit 200 Pfandflaschen beim Supermarkt anzutanzen. Unsortiert! Als meine Tochter zweieinhalb Jahre alt war, sagte sie bereits zu mir: „Mach bloß keinen Quatsch, Quatsch kannst du auf der Bühne machen!"

GROSSKUNSTBLUES

Wäre Großkünstler besser als Kleinkünstler? Dauernd müsste man in asbestverseuchten Hallen auftreten oder Fußballstadien gar. Noch ärger wären Mehrzwecksäle, denen man anmerkt, dass ursprünglich keiner dieser Zwecke irgendwas mit Kultur zu tun haben sollte. Sofort müssten die Eintrittspreise für meine Shows in schwindelerregende Höhen getrieben werden. Überhöhtes Eintrittsgeld nehmen die Leute ohne zu murren hin, macht sie nur entschlossener, das event richtig zu genießen. Niedriger Eintritt ist die Lizenz zum Nörgeln. Klingt extrem verlockend, das alles, aber wie gelangt man in höhere Sphären? Sicher mit Produktpflege, Zielgruppenmarketing, Erweiterung des Sortiments. Obwohl gelernter Kaufmann, bin ich völlig unbedarft in diesen Dingen. Nur eines ist klar für die ambulante Spaßversorgung: In Zeiten der Rezession müssen die Lacher zusehends preiswerter werden. Wie also sackt man ordentlich Kohle ein? Wohl kaum mit Schreiben. Ich denke da nur an die bezaubernde Greta Scacci, wie sie in Robert Altmans „The Player" murmelt: „Ich mag Buchstaben, ich mag Worte. Aber ganze Sätze sprechen mich nicht an!" Vielleicht lässt sich der kleine Schritt zum Großkünstler einfach qua Selbstdeklaration vollziehen. Ich schreibe daher erstmal in meine Bühnenanweisung rein, dass ich wie Pavarotti mit eigenem Koch nebst eigenen Nudeln anreise, weswegen das Wasser eine bestimmte Härte bzw. Weiche nicht über- bzw. unterschreiten dürfte. Das schafft eine Bugwelle von Bedeutung. Mal sehen, wohin mich die bringt.

Wenn das alles nichts bringt, mache ich im Nahen Osten eine Fahnenfabrik auf und spezialisiere mich auf amerikanische Flaggen: allein die Bestellungen militanter Fahnenverbrenner halten mich ganz schön auf Trab ...

KÖLN

Jahrelang haben mich Kollegen gelöchert, ich solle endlich nach Köln ziehen, so wie sie in die Metropole geeilt sind, um am Medienboom teilzuhaben und samstagnachmittags wie zufällig bei Campi reinzuschauen, wo die WDR-Sendung „Unterhaltung am Wochenende" zusammengebastelt wurde und einen Text zu präsentieren, mit dem man ein Viertel der Monatsmiete abdecken konnte. Zu dumm, dass dem Sender über die Jahre hinweg die Sendeplätze abhanden kamen, die armen Kollegen müssen trotzdem weiterhin in Köln leben. Keine Stadt in Deutschland ist mehr von sich überzeugt. Dabei ist schon die Ankunft eine Heimsuchung (weswegen Kölner ihre Stadt nie verlassen): Der Kölner Hauptbahnhof ist eigentlich gar keiner, sondern eine Kegelclubumverteilungszentrale, ein Mega-Missvergnügungspark – wo sonst sieht man diese marodierenden Kegelschwesternschaften, also weibliche Kegelbrüderinnen, die ihre Alltagsphilosophien auf T-Shirts verkünden: „Kein Schwanz ist so hart wie das Leben!" Aber was will man erwarten in einer Stadt, in der Personen wie Dirk Bach, Hella von Sinnen oder H. A. Schult als Künstler verehrt werden und man allen Ernstes Trude Herr und Willy Milose ... wieauchimmer für das Weltkulturerbe der *Unesco* vorgeschlagen hat? Komisch: Noch bis in die 80er Jahre hinein wäre es doch niemandem, der seine Sinne halbwegs beieinander hatte, in den Sinn gekommen, sich in diesem bescheuerten Volkstheater einen dieser beschränkten Schwänke anzugucken. Nur weil die das lange genug machen, ist es auf einmal Kult. (Was glauben Sie, warum ich noch nicht aufgehört habe?) Das alles ist schon grässlich genug, dass man das Thema Karneval quasiermaßen gar nicht eigens anzuschneiden braucht. „Denn mir sin kölsche Mädsche, han Spitzebötzche an, mir losse uns net dran fummele, mir losse keene dran!" Hat einem ein Taxifahrer bis 5,40 DM noch nichts von den beunruhigenden Praktiken seines Sexualpartners erzählt, darf man beruhigt davon ausgehen, dass es sich nicht um einen Rheinländer handelt. Fluchtartig will ich die Stadt verlassen, da trifft mich der gebündelte Charme des *Imhoff-Stollwerck*-Schokoladenmuseums mit seiner Einladung: „Spontane Führungen Samstag 14–16 Uhr". Gegen sowas bin ich hingegen machtlos. Ich liebe Köln.

RADIOBLUES

Eine Oase auf der Skala, Radio Ruhepol. Ein Sender, der schweigt, dessen Schweigen du kaufen kannst, ein akustisches Bermuda-Dreieck in der Radiogalaxie, das große elektromagnetische Loch: du rufst einfach an und wünschst dir eine Schweigeminute, für dich, deine Verwandten, deine Nachbarn, deine Feinde. Nennst deine Kundennummer und lässt die Gebühr vom Konto abbuchen. Du entscheidest, von wem geschwiegen wird, wie lange, wie intensiv und, vor allem, worüber. Kein Sterbenswörtchen über ein Thema deiner Wahl. Du kannst auch verlangen, dass ein bestimmtes Musikstück nicht gesendet wird. In voller Länge. In diesem Sender wird kein Wort zuviel verloren. Nur Anmoderationen, die sich auf Namen und Themen beschränken. Mehr nicht. Nicht mal weißes Rauschen. Kein Piep! Ganz gleich, ob Kabel oder Satellit. Null. Nada. Niente. Das Schweigen der Lämmer.

Sag jetzt nichts. Dieser Sender, der den Rand hält, würde Schweigen zu Gold machen. Das wäre meine Wellenlänge.

Natürlich würden eines Tages die Moderationen ausufern und die Schweigeminuten immer kürzer werden wegen der Umsätze, überhaupt würden alle das Schweigen anfangen in den Anstalten – aber dann komm ich zu dir und wir schweigen uns gegenseitig durch die Nacht in den Morgen hinein, ganz für uns, auf derselben Frequenz und halten die Luft an, und jedes Wort, das nicht gesprochen, schwingt stundenlang im Ohr.

TEE-VEE-BLUES

Fernsehen ist nichts weiter als die gewerbsmäßig organisierte Unterbrechung der Blutzufuhr zum Gehirn: Wozu blenden die Anstalten oben links oder rechts überhaupt ihre Logos ein – als könnte der gewiefte Zuschauer die Sender nicht ohnehin erkennen! Wir beginnen unseren Sichtflug über die deutsche Fernsehlandschaft bei der *ARD*: da läuft Bio, Kachelmann oder Fliege – wäre letzterer nur eine Eintagsfliege! Im *MDR* gibts kategorisch Volksmusik, da können Sie nachts um vier einschalten, immerzu Volksmusik, außer es kommt die Schlagerparade. Bei *RTL* geht irgendwas in Flammen auf – sicher für alle Beteiligten das Beste – und bei *Pro 7* ein Auto kaputt. Oder mehrere. *RTL 2* präsentiert Titten oder hämische Heimvideos, von Zuschauern gedreht, was die Produktionskosten senkt. *SAT 1* zeigt Bewegungsspiele oder irgendwas mit Hubschraubern, *Premiere* Schnee von heute, *Kabel 1* Western von gestern, dem *ZDF* sitzt der Gottschalk im Nacken und *Arte* – nun, egal, was es ist, es geschieht langsam. Und an den Filmtiteln gibts schon grad nix zu deuten. Neulich entdeckte ich in der Programmzeitschrift den Film: „Ich töte den Mörder meiner Frau". Da habe ich augenblicklichst in Köln beim Sender angerufen – solche Sender sind immer in Köln, warum, weiß niemand – und gefragt: „Sagen Sie mal, worum geht's da genau?" Obwohl das ja irgendwo nett gemeint ist: wenn die im Titel alles verraten, wozu sich da der Mühe unterziehen und den Film anschauen?

Warum ich nicht zum Fernsehen bin? In erster Linie mag ich die Schminke nicht. Wenn man beim Fernsehen geschminkt ist, sieht man aus wie grad aus dem Sarg gezogen. Ist man allerdings nicht geschminkt, sieht man aus, als würde man gleich hineingelegt. Lieber verdiene ich mein Geld auf ehrliche Weise: kurz vor Weihnachten den orangefarbenen Overall überstreifen und von Tür zu Tür gehen, um im Namen der Müllabfuhr eine gesegnete Weihnacht zu wünschen. Auch die Fußballbranche ist clever. Die Vereine lassen Fanartikel herstellen. Eine Saison kicken sie gottvollendet, Wimpel, Fahnen, Kappen, Trikots etc. gehen weg wie warme Semmeln. Das folgende Jahr spielen sie einen katastrophalen Stiefel zusammen: Abstieg, Schimpf & Schande, die Fans außer sich, verbrennen die Paraphernalien. Nächste Spielzeit triumphaler Wiederaufstieg, die Fans müssen nachrüsten, sie haben weder Wimpel noch Kappen usw.

ESCHWEILER

Der Fahrplan: Abfahrt Heidelberg 14:52 h. Ankunft Eschweiler 18:25 h. Abfahrt Eschweiler 19:51 h. Ankunft Heidelberg 00:16 h. Deutsche Bahn Sonntagnachmittags, heilige Scheiße, eine Strafexpedition quer durch das Erlebnisödland Kölner Bucht. Angegrippelt. Mich unwesentlich fühlend. Keine Abhole vom Veranstalter, obgleich vereinbart. Kein Taxi am Bahnhof, aber eine Schlange Wartender. Auch vor der Telefonzelle. Zu Fuß mit dem ganzen Gelump quer durch einen unansehnlichen Ort. Nicht mal Pfeffer wächst in Eschweiler. Verbrechen aus Leidenschaft? Unvorstellbar! Was will man erwarten von einer Stadt, die nach einem Fußballschiedsrichter benannt wurde? Natürlich ein Risikojob mit geringer Garantie & Hotelselberzahlen. Der Veranstalter sagt: Wir hatten leider nur sechs Karten im Vorverkauf. Hat er kein Telefon, mit dem er mich vorher hätte verständigen können? Dampfnase! Nicht zufällig heißt der Schuppen Talbahnhof. Eine Talfahrt sondergleichen mit einer kleinen Korrektur nach unten. Auf dem Absatz kehrt, der Hausmeister kutschiert mich zum Bahnhof zurück. Noch der netteste Mensch hier, ein Russlanddeutscher.

Nur ein schmaler Grat zwischen Erniedrigung und Entwürdigung. Fachleute würden Selbstmobbing sagen. Ereignisse, die man amnesty melden sollte. Stunden später lasse ich mich zu Hause mit der mir eigenen Brachialsensibilität zum Notstandsgebiet erklären. Die Welt liegt mir zu Füßen, ich brauche nur zuzutreten. Was Auftritte anbelangt, habe ich kein Faible für ausgefallene Dinge. Und Eschweiler kann ich seither so wenig leiden, dass ich jedesmal, wenn ich nach Aachen muss, einen Zug älteren Baujahrs wähle, damit ich, wenn der Zug in den Bahnhof einfährt, die gute, alte Klospülung betätigen kann, um Eschweiler dergestalt meine Referenz zu erweisen.

Liest sich wie eine Fallstudie der Bundeszentrale für Selbstmitleid. Manchmal kommt eben alles zusammen, dank einer fein ausgeklügelten Katastrophendramaturgie. Dann ist einfach der Wurm drin und er schwimmt nicht mal in Mescal. Da sind viele Gefühle unterwegs. Und doch gibt es Millionen Dinge, die schlimmer sind. Zurück in die Zivilisation!

DÜREN, WALDKRAIBURG

Düren, sagt C., habe ich mir immer als mittelalterliche Stadt vorgestellt. Weiß auch nicht, warum. Habe wohl an Dürer gedacht.

Düren ist eine von diesen Städten, in denen sie dir trotzig aus der Hüfte heraus erzählen, nach Dingens (in dem Fall: Aachen) seien es nur zwanzig Minuten und Dingenskirchen (alias Köln) sei eine Affäre von einer halben Stunde. Dabei hat der Fragesteller nur schüchtern in Erfahrung bringen wollen, wies hier so ist, das Leben, und nicht wie weit nach sonstwo. Düren aber wird schätzen lernen, wer irgendwann einmal durch die Altstadt von Waldkraiburg* streifen durfte, eine Stadt von derart allumfassender Unansehnlichkeit, daß selbst der Bürgermeister im Nachbarort wohnt. Im Kino habe ich mal einen Zettel hängen sehen, der mir verriet: „Jeden Mittwochabend zeigen wir anspruchsvolle Filme." Noch Fragen? Die Stadt hat man nach dem Krieg Rumäniendeutschen hingestellt, auf dass es sich bei denen schnell herumspräche, welche Hässlichkeit sie in Deutschland erwartet. Die Leute sind hart im Nehmen und lassen sich so schnell von nichts beirren. Die geografische Variante der Theorie der Abschreckung ist fragwürdig: wer weiß, ob sich die Russen im Fall einer Erwärmung des Kalten Krieges tatsächlich von Städten wie Kassel oder Fulda hätten abschrecken lassen, die wir schließlich eigens zu diesem Zweck entlang der Zonengrenze plaziert hatten. Dank des Zusammenbruchs des sozialistischen Lagers werden wir das nie erfahren. Aber seither benötigen wir mehr Waldkraiburgs, Ortschaften also, die insgesamt „einer poetischen Version vom Leben" (Tobias Wolff) wenig entgegenkommen.

* entstanden etwa um 1950

SIEGEN

Dem positiven Namen zum Trotz: Ein Verlag in Siegen hat mal zwei meiner Bücher publiziert; der Verleger zählte leider nicht zu den Siegertypen. Er war seiner Zeit voraus. Eine Dekade später, Mitte der 90er Jahre, hätte er als Verlierer zu den Gewinnern gezählt, als Grunge fröhliche Urständ feierte und ein Amerikaner namens Beck eine goldene Schallplatte mit dem Titel „Loser" feierte. The loser takes it all ... (In New York gibt es eine enorm erfolgreiche Show namens „The Losers Lounge") In jenen Tagen musste man sich nur ein zerschlissenes Hemd mit großen Karos anziehen, die Arme um den Körper werfen, damit dieser nicht auseinanderfällt und vor einer Kamera mit brüchiger Stimme von seiner Verlorenheit in einer feindlichen Welt künden. Einfach zehn Jahre zu früh, der Herr Verleger. Komisch, dabei liegt gleich in der Nähe von Siegen ein Ort namens Wissen – eher eine machtlose Ansiedlung. Ortsnamen scheinen jedwede selbsterfüllende Prophezeihungen eher fernzuliegen. Gleichzeitig scheuen sie die Offensichtlichkeit nicht: Wortspielhasser werden jetzt wahrscheinlich ein Gesicht hinziehen, aber eine der Firmen, die in öffentlichen Toiletten Handtuchautomaten betreiben, residiert tatsächlich im fränkischen Strullendorf. Dafür kann ich nun auch nichts. Leute fragen gerne mal: Wie kommen Sie eigentlich auf Ihre Ideen? Was soll ich mit Ideen? Brauch ich nicht, liegt doch alles offen rum, muss man nur zugreifen. Alles eine Frage des Filterns und Sortierens. Dafür muss ich nicht mal nach Witzwort* reisen.

---

* Kreis Nordfriesland

ARNSBERG

Es gibt Lokalitäten, da haben die Ohren Wände. Um ein Lächeln ins Antlitz der Kundschaft zu zaubern, bedürfte es eines Steinmetzes. Omérta in der Unterhaltungswelt. Wenn die Leute mal reden, dann klingen sie wie der Zoowärter Tobias Totz im *Sandmännchen*, was es nicht gerade leichter macht, sie ernst zu nehmen. Nun, der Name Sauerland kommt sicher nicht von ungefähr, und sauer macht eben lustig. Eigentlich passt Sauerland auf die Gesamtrepublik. Werbestrategen feilen schon an einem griffigeren, innovativen Namen, etwa „Terra Aceto Balsamico". Einer meiner ersten Auftritte im Dezember 1977 im Gefolge eines seinerzeitigen Liedermachers führte uns ins sauerländische Arnsberg. Vielleicht war es die spontan herzliche Begrüßung à la „Das hätten Sie uns aber sagen müssen, Herr Bayer, dass da noch jemand mitkommt!", die mich damals dazu bewogen hat, folgenden Satz ins büttenpapierne, goldberänderte Gästebuch zu schreiben: „Der Arsch der Welt müsste mal wieder abgewischt werden." Womöglich nicht ganz die feine Art, aber als Eintrag uneingeschränkt zu empfehlen. Schon um der Unsterblichkeit willen. Mittlerweile haben sich die Zeiten geändert. Ich bin älter und reifer geworden und verwende bei derlei Eintragungen (auch bei dem einen Autogramm per Anno) nur noch Geheimtinte, die nach zwei Stunden verschwindet.

Mache indes niemand den Fehler, die Sauerländer zu unterschätzen: Ein Volk, das in der Lage war, Heinrich Lübke und Friedrich Merz am Markt durchzusetzen, muss über ein erstaunliches Beharrungsvermögen verfügen.

Übrigens: der Nabel der Welt ist nicht allzuweit von der Rosette entfernt.

KULTURAUFTRAGBLUES

Ein Politiker will gewählt bzw. wiedergewählt werden und möchte die Veranstaltung mit Champannjerbrüh, Lachs und Lachern *(Cabaret)* auflockern oder eine Ausstellung bedarf eines besonderen Kicks oder Erwachsene diskutieren und gönnen sich einen Kasper zwischendurch – gelegentlich kommen die auf mich; will mich keineswegs beklagen, mach ja alles mit, ich wildere gegen Bezahlung in fremden Revieren und lerne Leute kennen, die mir sonst nicht vor die Flinte kämen. Bei hochoffiziellen Anlässen gehöre ich gerne zur ersten Garnitur, d.h. zur Garnitur: der Paprikaschnitz. Der Prosecco-Beauftragte des Kulturreferats, ein viver Knabe, der sich seit Jahren ausschließlich von kaltgepresstem Olivenöl ernährt, sagt seine Rede auf, die übrigen Horrornationen schließen sich an, auf den Lungen bilden sich dunkle Flecken auf Grund übertriebener Selbstbeweihräucherung, in der kalten Küche stapelt sich meterhoch geistiges Einweggeschirr, Geweseheinis und Eventzippen prosten sich zu, und unversehens sieht man sich weitergereicht an einen dieser gönnerhaften „Machenwirwollnwerdochmalsehen"-Kulturfritzen, bei denen man stets offene Türen einrennt. Die haben das voll drauf, reißen gleich die hintere Tür mit auf, so dass man in seinem eigenen Effet wieder nach draußen rauscht. Das zieht sich quer durch alle Parteien, am schlechtesten behandeln die Grünen Künstler („Wir dachten, Sie treten in den Pausen auf!"), die können einfach nicht die Klappe halten, weil sie ja eigentlich immerzu die Welt retten müssen, da darf man sich keine Pause leisten; die Köpfe rauchen ebenso wie die Zigaretten des Notkomitees „Mütter rauchen für Angola". Aber, wie erwähnt, ich mache gerne (fast) alles mit, das ist bestenfalls Missbrauch auf Gegenseitigkeit. Sogar Matineen, wenngleich diese mit dem Nachteil behaftet sind, morgens stattzufinden, wo man immense Schwierigkeiten mit der Bewältigung der Gleichzeitigkeit gewärtigen muss: Den Kaffee austrinken, damit er nicht kalt, den Sekt, damit er nicht warm wird. Gottseidank bin ich ein Morgenmensch, der nur selten der Künste jener legendären Maskenbildnerin bedarf, die in aller Herrgottsfrühe die Moderatoren des *ARD-Morgenmagazins* auf wach schminkt. Was tut man nicht alles, um der Kirche ein paar Kunden abspenstig zu machen? Als Künstler im undiplomatischen Dienst muss man häufig zu unchristlicher Zeit raus. Man geht auch zu unchristlicher Zeit ins Bett. Und die Zeit dazwischen: extrem unchristlich.

KREFELD

Mitten in die Lesung in einer kleinen, überschaubaren, weil linken Buchhandlung platzt ein sichtlich angetrunkener Mann mit der damit verbundenen Theatralik in die Runde. Schnaufend schleppt er sich die ganzen Stuhlreihen entlang zur hintersten Reihe, die teils missbilligenden, teils spöttischen Blicke sicher nicht registrierend. Ich nehme meine Lesung wieder auf. Nach etwa vier Minuten erhebt sich dieser Mensch wieder, wobei er sich am Rücksitz des Vordermannes hochhieven muss. Natürlich geht das alles nicht ohne Geräusche ab. Er schlurft den langen Gang zurück, ächzt, schnauft, stöhnt, grunzt. Er steuert direkt auf mich zu. In Zeitlupe. Ich spanne die Muskeln an, bereit, zurückzuschnellen, wie wenn es nach hinten irgendwelchen Spielraum gäbe. Es geht auch nicht ohne Ausdünstungen ab. Ich kriege Lungenkrebs, wenn ich jetzt einatme, und eine geschwollene Leber. Wie ein gefällter Baum droht er auf meinen Tisch zu stürzen, aber im letzten Moment fängt er sich. Mit einem Wusch reißt er den Aschenbecher an sich und verabschiedet sich wieder nach hinten.

Eine hübsche Episode, aber ob man denn derlei in Zukunft nicht unterbinden könnte, frage ich den Buchhändler in der Pause. Er schüttelt den Kopf: Nicht, wenn es sich um den Kritiker der örtlichen Tageszeitung handelt. Olàlà! Schon gut, jeder kriegt die Pressefuzzis, die er verdient, und in so einen Buchladen schickt man natürlich nicht den Doyen des niederrheinischen Feuilletons. Generell habe ich an Presseleuten nicht selten deren mangelhafte Vorbereitung zu bemäkeln: Ich wurde bei Interviews auch schon nach meinem Namen gefragt, dabei habe ich den eigens aufs Plakat drucken lassen. Würde ich meinem Beruf ähnliche Aufmerksamkeit angedeihen lassen, fände ich mich rasch als brotloser Künstler wieder. Bzw. eben als Kritiker.* Immerhin hat der Mann dafür gesorgt, dass Krefeld auf meiner persönlichen Landkarte geblieben ist. Vielleicht bezieht er ja auch eine kleine Pension vom Fremdenverkehrsamt. Die Kritik habe ich nie in die Finger gekriegt. Hat mir wahrscheinlich eine Gesichtslähmung erspart.

---

* Der Autor empfiehlt Kollegen die website der Künstlerinitiative „Gewalt gegen Kritiker" www.kigegekri.com.

DINSLAKEN

Der Stadt selbst ist kein Vorwurf zu machen, im Gegenteil, sie gibt sich alle erdenkliche Mühe und ist erstaunlich erträglich eigentlich (dreimal -lich – Rekord!). Sie pflegt einen geradezu jovialen Umgangston, schon die erste Ampel duzt mich: „Warte!" blinkt sie mir etwas atemlos entgegen, obwohl wir uns noch nie gesehen haben. Auch die Bevölkerung ist weitestgehend nett, bis auf den Hotelier vielleicht. Löblich, dass er sich bei der Gestaltung der Zimmer an einer literarischen Vorlage orientieren wollte, aber musste es unbedingt „Der Tod des Handlungsreisenden" sein?

Dahingeworfensein! Unbehaustheit! Einsamkeit! Townesvanzandteln auf niedrigstem Niveau! Nicht mal *CNN* im Gerät, jener Sender, der seit 1997 in mehr Ländern zu empfangen ist, als der Globus überhaupt hergibt, und der mir in anderen grausamen Lokalitäten wenigstens das entfernte Gefühl vermittelt, woanders zu sein. An besonders schlimmen Tagen starre ich teilnahmslos auf das türkische Schnurrbartfernsehen *TRT*. Nächtliches Hochschrecken, weil das Schnarchen des Nachbarn zur Rechten so tönt wie der Holzzuschnitt im Bauhaus. Allein schon mitten in der Nacht ans Bauhaus erinnert zu werden, ist eine Prüfung. Um halb sieben pinkelt der Sockenvertreter zur linken ins Waschbecken. Eigentlich nicht einzusehen, dass Hotels unkomfortabler sein sollen als die Gefängniszellen kolumbianischer Drogenbarone – ohne deren übliche Vergünstigungen. Es genügt schon längst nicht mehr, die Klausel „Hotel" im Gastspielvertrag derart ausufern zu lassen, dass einen manche Veranstalter mit hochgezogenen Augenbrauen begrüßen. (Es gibt Verträge, die schreiben die Farbe der Vorhänge vor ...) Kabelfernsehen, Minibar und Frühstücksbuffet haben mittlerweile die meisten, fragt sich nur in welcher Qualität. Ich lege Wert auf artgerechte Haltung. Keith Moon, der verblichene Schlagzeuger der *Who*, hat mal eine komplette französische Feriensiedlung in der erklärten Absicht erworben, alle 13 Hütten wegen erwiesener Hässlichkeit wegzusprengen. Und so geschah es. Bravo!

HAGEN

Hagen bereitet Behagen. Allein die Anreise spendiert Haltestellen von unvergleichlicher Poesie: Hagen Vorhalle bzw. Hagen-Kabel. Das diesmalige Hotel verzeichnet etwas melodramatisch als Anschrift: Wasserloses Tal 4. Gleichwohl ist das Zimmer ausgewiesen mit Bad und WC. (Was die 4 wohl bedeutet? Gibt es mehrere Täler ohne Wasser? Der Kölner Dom hat übrigens die gleiche Hausnummer: 4. Wohl, damit man ihn nicht mit all den anderen Domen verwechselt, die auf der Domplatte Zuflucht gesucht haben.)

Zweierlei werde ich auf ewig mit „dem Tor des Sauerlands" (Eigenwerbung; allerdings fehlt der Hinweis, wer es geschossen hat) in Verbindung bringen: Zunächst den hübsch gestalteten Schaukasten in der Bahnhofspassage Ende der 70er Jahre: „Die Hagener Stadtpolizei zeigt Unfälle aus dem Stadtgebiet". Eine detailgetreue Blechschadenausstellung in scharf konturierten Schwarzweißaufnahmen, mit tüchtig dunklen Flecken auf dem Kopfsteinpflaster, ernst dreinblickenden Schupos, bestürzten Verkehrsteilnehmern, nur mühsam die Contenance wahrend. Die Autos sind nicht von Wiking, die liebevoll in Szene gesetzten Displays sollen jedermann zur Mahnung gereichen.

Noch unvergesslicher die Ansage des örtlichen Promotors Siggi P. vor meinem Auftritt im Folkclub: „Ich wollte noch auf die Veranstaltung nächste Woche im Infozentrum hinweisen, da kommt der Helmut Ruge. Ich habe mir den letzten Monat angesehen, und verglichen mit dem kann man alle anderen Kabarettisten auf den Müll schmeißen." Damit möchte ich Siggi P. rückwirkend für den Ehrentitel „Tor des Sauerlands" vorschlagen. Wenn es geht, in Farbe.

WITTEN

Witten an der Ruhr, die Perle der Natur. Unsere persönliche Perle war fraglos Hilde – die Mutter Teresa der Folkszene. Sie war von der fürsorglichen Art: 80 Meter drunten in der Gletscherspalte liegend hätte sie wahrscheinlich als erstes gefragt: „Geht es dir auch wirklich gut?" Ihr Haus in der Steinstraße 15 war die erste Adresse für das fahrende Folkvolk, eine Art Jugendherberge für Weggetretene. Den Speicher hatte sie ausbauen lassen, dort dümpelte ein Dutzend Matratzen nebeneinander. Dazu ein paar Separées, von ihrem Sohn liebevoll mit Borussia-Dortmund-Devotionalien geschmückt. Hier nächtigte über zwei Dekaden hinweg das Who's Who der Folkszene, Julian Dawson, die Furys, Werner Lämmerhirt, Stoppok, Lydie Auvray, Thommie Bayer, Wild Geese und so weiter. Menschen, die keine Lust hatten auf eine ranzige Poofe in Remscheid oder Recklinghausen und lieber Hilde den Kühlschrank leerfraßen oder auf ihre Kosten mit der Liebsten in Brasilien telefonierten. In Witten fand sich selbst im größten Chaos immer noch ein kleines bisschen Unordnung, und in den Kopfkissen nisteten Milben aus unzähligen Nationen. Unvergesslich der Abend, als die keltische Band *Tara*, die *Guns & Roses* der Flötenkreise, wies Gewitter über die säuberlich aufgereihten Künstler hereinbrach. Sie hatten ein paar Tage und Nächte auf einem Festival zugebracht und in Zelten übernachtet. Der Sänger der Gruppe hatte das so sehr verinnerlicht, dass er irgendwann frühmorgens hochschreckte, auf den Knien zum Pfosten in der Mitte des Raumes rutschte, in seine Hose griff und dann mit voller Inbrunst gegen den Mast pieselte, in der Annahme, er befinde sich noch auf dem Festivalgelände und sei nur eben aus dem Zelt herausgerutscht.

Witten war über zwei Dezennien der bunte Fleck auf der Landkarte, Sozialstation, Sleep-In, Sanatorium, Tankstelle, Tempel, Boxenstopp, Notrufsäule, Partyzone, Zuhause. Ein familiäres Trostpflaster. Nicht nur in unseren Kreisen bekannt. Eines Tages hielt ein Streifenwagen neben Hildes Sohn, ein Beamter kurbelte die Scheibe runter und fragte: „Gehsse Hilde?" Der Sohn nickte. „Sachma Bescheid, wir kommen gleich. Razzia!"

DORTMUND

Die Internationalität, das ist es, mit der mich diese Stadt in den Bann schlägt, mehr noch als Bielefeld. Ein jugoslawisches Restaurant mit dem erhabenen Namen *Bahnhofsblick* mit tadelloser Aussicht auf den, nun ja, Bahnhof. Oder eine ganz andere Geschichte: Im China-Restaurant *Mekong* (!) in Warschau schenkt uns eine Kellnerin, offensichtlich Polin, im angechineselten Kostüm mit Schriftzeichen, die gottlob keiner entziffern kann, zur Hintergrundmusik karibischen Ursprungs ein Bier ein: Dortmunder *Hansa-Pils*. (Ist Dortmund überhaupt eine Hansestadt?)

Oder so: Wir schreiben das Jahr 1991. Mit dem Veranstalter nach dem Auftritt zum üblichen Italiener. Die Stimmung dort eher gedämpft. Der Wirt, sonst immer zur überschwänglichen Begrüßung angetreten, fehlt unentschuldigt. Irgendwann tritt seine Frau an den Tisch und verkündet verheulten Auges in leichenblassem Antlitz, er läge im Krankenhaus, zusammengeschlagen, niedergestochen, angeschossen, irgendwas aus diesem Angebot. Aha, bastelt sich der Laie flugs seine Assoziationskette zusammen, Italiener, Mafia, Schutzgelderpressung. Großes Kino! Kein Wunder, erst am Abend vorher habe ich den dunklen 500er Benz vor dem Pizzaschnellfress gesehen, mit den getönten Scheiben, und drinnen im Laden den Mann mit dem aufgeklappten Hartschalenkoffer, si, Dortmund, was erwartet man?

Wir schreiben das Jahr 1993. Mit dem Veranstalter nach dem Auftritt zum üblichen Italiener. Die Stimmung dort ist prächtig. Der alte Chef ist in gewohntem Enthusiasmus zur Stelle. Hingegen fehlt diesmal die Gemahlin. Ich frage Horst, wie denn eigentlich diese ominöse Mafiageschichte ausgegangen sei. Er winkt ab: Die Frau habe einen Liebhaber gehabt und der habe ihrem Mann ...

Madonna! Dortmund! Große Leidenschaften! Internationalität! Grazie! Nasdorowje!

DEUTSCHLAND

Dortmund – Pizza *Germany*: Schinken. Salami. Paprika. Champignons. Artischocken. Zwiebeln. Knoblauch.* Peperoni. (Scharf). San José, Costa Rica – *Café Aleman*: Starker Kaffee. Brandy, Gewürze, Schlagsahne. New York, New York: Das *Heidelberg*-Restaurant an der Upper Eastside versucht mit dem Slogan: „So authentic you think you're in Munich!" ein paar sentimentale Gourmets aufzugabeln. Dafür gab es mal bei *Möbel Mann* eine Einbauküche mit dem sinnigen Namen *Detroit*. (Zum Vergleich: ein vergleichbares Produkt müsste in Amerika *Rüsselsheim* heißen). Bürstadt: in der Peripherie, bei den Sportplätzen, findet man *Zum Deutschen Schäferhund*, ein griechisches Restaurant, wie der Name andeutet. Eine Neckermann-Kampagne wirbt mit: „Germany is beautiful!" Gut sind auch folgende: die Autolackiererei Wagenblass in Mannheim, die *Darmhandlung* in Neustadt bei Marburg sowie *Ätztechnik Hetz* und *Stehle's Schupfnudeln* (den Apostroph gibts gratis) in der Gemeinde Epfenbach. Irgendwo ist mir mal der Begriff „Versenkberegnung" begegnet und in meiner Favoritenliste unter den Top 5 geblieben. Mein Hit bei den Ortsnamen ist zweifelsfrei Aura im Sinngrund (Spessart). Auch Ekel im hohen Norden hat einiges für sich. Ohne Perlen wie diese am Wegesrand wäre das Umherreisen unerträglich.

Folgende Frage sei noch gestattet: Wieso gibt es eigentlich in Andernach ein *Bistro de Paris*, in Paris umgekehrt aber kein *Bistro d'Andernach*?

---

* Mir wurde schon eine Knoblauchpresse namens Miami angeboten.

ITALIEN

Ecco, ist an dieser Stelle Zeit, den Italienern zu danken, ohne die die Mitglieder meiner Zunft längst elendiglichen Hungers gestorben wären bzw. an dramatischer Unterkoffeinierung – stellvertretend möchte ich die Bar del Corso herausheben, ohne die Aschaffenburg eine noch härtere Prüfung wäre; ohne Italiener hätten wir längst unsere Mägen ruiniert mit der ruppigen Plörre, die in deutschen Betrieben gereicht wird. Grazie, Italiener, moltofill, für Espresso (Expressos!), Cappuccino, Macchiato, Fettucine, Carpaggio, Tiramisu, Zucchini (Sutschinis) etc. Längst ist die deutsche Lebensart italienischer Provenienz weltweit bekannt unter dem Begriff *la deutsche vita*. In keiner Sprache der Welt kann der Teutone so gut vortäuschen, er beherrsche sie. Italienisch dringt bis in die Schaltzentren der Macht: klaglos trägt unser Kanzler Anzüge von Brioni auf. Für euch allerdings kein Grund, übermütig zu werden!

Im italienischen Restaurant in Braunesweige legt uns der Kellner griechisch bedruckte, d.h. beakropoliste Papierservietten unters Besteck, mit der Bemerkung, die habe seine Frau verkehrt bestellt. Da fällt mir ein, dass es der Italo in letzter Zeit doch etwas auf die Spitze getrieben hat, versucht hat, uns Tütencappuccino anzudrehen, wo wir doch überhaupt seinetwegen erst so etwas wie eigene Geschmacksnerven entwickelt haben (wozu hätten wir die früher sonst gebrauchen können?): Mamma mia! Iste finito jezz! Italien verfällt – Italia farfalle! Ciao, bella! Wird sowieso immer kommunistischer! Ein Glück, dass Don Peppone das nicht mehr miterleben muss! Erst letzthin hat man Boote mit verzweifelten Tifosi vor der albanischen Küste gesichtet. Noch was: Eros Ramazotti – du passt sowieso nicht so richtig zu uns! Eros Ramazotti – bei so einem Namen muss man als Deutscher doch Minderwertigkeitsprobleme kriegen! Und sowieso hast du eine Schweizerin geheiratet, eine Schweizerin! Franka Potente hättest du zum Traualtar führen sollen, allein schon des Stammhalters wegen: Eros Potente! Wir brauchen folglich subito eine deutsche Entsprechung, der passende Name wäre wahrscheinlich Triebhart Stonsdorfer. Na ja, die Italiener werden auf ihre Art auch immer teutonischer: Sie haben letzthin sogar die Helmpflicht eingeführt. Nicht zu vergessen dieses italienische Wort, das ich nicht ausstehen kann: „Picobello!"

Noch Fragen?

UNNA

Aus den Katakomben der Bahnhofsunterführung zum Taxistand (Dantes Inferno in der Aldi-Version). Ich nenne dem Fahrer das Ziel, er nickt, wir laden das Gepäck ein (hauptsächlich ich), steigen in den Wagen, brausen los. Griff zum Sprechfunkgerät: „Wo Katharinenhof?" Antwort: „Aber dat is doch am Bahnhof!" Aha. Bin also quasi vor dem Hotel in den Wagen gestiegen. Dennoch bin ich dankbar für die kleine Rundfahrt, ohne die mir womöglich nicht aufgefallen wäre, dass Unna unter dem Protektorat der UNO zu stehen scheint: das Gros der Autokennzeichen beginnt mit UN. Dafür muss es Gründe geben, die sich dem Außenstehenden nicht mitteilen. Trotzdem sieht man kaum Blauhelme in der Stadt. Und gottseidank auch keine Blauköpfe. Bisher hat Unna nur für mehr (weniger) oder weniger (leider mehr) lustige Wortspiele getaugt wie Unna alla Sau oder Unna festa sui brati. Und natürlich: Unnatürlich. Wortspiele sind out, auch wenn es reizvoll wäre, gerade hier eine Bar zu eröffnen, die dann den schönen Namen „Unna-Bar" tragen dürfte.

Im Eissalon Venezia bieten sie Eis-Neger an. Das Wort „Neger" haben sie mit Gänsefüßchen versehen. Das Kulturprogramm wirbt mit „Kunst mal anders" und „Jazz-Matinee – das Familien-Vergnügen für jedermann". Wie eine Zweijährige die *Kölner Saxofon-Mafia* übersteht, möchte ich lieber nicht wissen. Vielleicht kein Wunder, dass Unna und ich nicht so recht zusammenkommen. Trotzdem gilt: der Täter kehrt immer zum Tatort zurück. In den frühen Achtzigern teilte ich mir mal hier einen Abend mit der Sängerin Bettina W., einer umwerfend komischen Frau, die beim letzten Schritt auf die Bühne allerdings alle Unbefangenheit abschaltete, weil von ihr immerzu die Betroffenheitselse abverlangt wurde. Dass sie die keinesfalls war, mag die Tatsache belegen, dass sie zu eben jener Zeit ein Verhältnis mit Oskar hatte. Welchem Oskar? Also bitte! Zu einem Wortspiel mit „Sind so kleine…" lasse ich mich aus gegebenem Anlass nicht verleiten.

MINDEN

Die neuerliche Einladung nach Minden hat mich verblüfft: Nach dem mäßigen Auftritt im 91er Jahr hätte ich mich nicht wieder eingeladen. War nicht allein meine Schuld, das Publikum war auch nicht direkt kooperativ. Eines jener Gastspiele, nach denen sich der Künstler mit dem Gedanken tröstet: Ich darf morgen wieder hier weg – die müssen bleiben!

Minden ist natürlich Melittastadt, die berühmte melittaphysische Ebene. Letztlich bezahlen die Kaffeeheinis als potente Steuerzahler meinen Auftritt, denn der Veranstalter ist städtisch. Melittas Verdienste sind unbestritten. Traditionen, die bis ins Tausendjährige Reich reichen. Und trotzdem mit beiden Beinen in der Zukunft, wie bahnbrechende Erfindungen beweisen: Filter mit Aroma-Vlies. Aber was sind das eigentlich für Zeiten, in denen man zwischen Filtertüten und Slipeinlagen kaum mehr unterscheiden kann?

Dem Vernehmen nach soll sich Egon Krenz einmal über den grauenhaften Kaffee in der Strafanstalt Moabit beschwert haben. Der Justizvollzugsbeamte habe geantwortet: „Tja, der Priebke in Italien, dem hat Melitta eine Direktleitung legen lassen, weil der den starken italienischen Kaffee nicht verträgt!"

Verbürgt ist jedenfalls, dass Firmenchef Thomas Bentz, nebenbei auch Präsident der ASU – der Arbeitsgemeinschaft selbständiger Unternehmer (heißt ernsthaft so!) – einen Teil der Produktion nach Portugal ausgelagert hat. Weitere Teile, sagte Bentz, würden folgen, wenn Rot-Grün so weitermache wie bisher. Damit muss der Mann auf die politische Konstellation Nordrhein-Westfalens angespielt haben. Dennoch merkwürdig: Was kann der Mann gegen diese Farbkombination haben? Wenn man sich mal die Farben der Melitta-Packung in Erinnerung ruft ... Und sowieso Portugal – wie war noch gleich die Farbkomposition der portugiesischen Flagge? Boa noite.

ÜBERLAND 2: BISTROLAND

Schlechte Laune? Fahrkarte lösen, rein in den Interregio-Bistrowagen. Das Leben als verlängertes Wochenende. Party den ganzen Tag. Pastellfarbenes Interieur, schreiend bunt die Menschen, die männlichen gerne mit Schnurrbart. Und Goldkettchen. Rauchend. Bereits früh um acht fließt das Bier in Strömen. Ein „gepflegtes Pils" nach dem anderen, als gäbe es auch ungepflegte. Hauptsache vollaufen lassen bis zur völligen Verblödung, was kein weiter Weg sein kann. Gut würde in die Produktpalette passen: Jägermeister Gin-Tonic. Möchte ich als Anregung verstanden wissen, die Bundesbahn greift ja gerne Kundenwünsche auf, heißt es, bzw. die *Mitropa*.

Dieser marginalen Mängel zum Trotz ist die Stimmung ausgezeichnet, vor allem, wenn Herr Noichl aus Günzburg seinen tragbaren Cassettenrekorder mitgebracht hat. Nein, der Begriff „Ghettoblaster" böte sich in diesem Zusammenhang nicht an, verbreitet er doch die neueste Produktion von Wolfgang Petry. Rasch steigt das Stimmungsbarometer, eine erste Polonaise deutet sich an, das Ruckeln des Zuges bietet zusätzlichen Kitzel, so stelle ich mir die große Leserreise der *Neuen Revue* nach Funzenschwand vor. Am Nebentisch erzählt soeben ein Mann einem hochrotgesichtigen, sonst weizensemmelblondem Liebespaar begeistert, wie er im Krieg sein linkes Auge verloren hat, wobei nicht ganz klar ist, in welchem, und der Technische Betriebsleiter trinkt eine ganz langgezogene Cola *light* von Karlsruhe bis Offenburg, womit klar sein dürfte: heute wird kein Betrieb mehr geleitet, heute hauen wir auf die Pauke, bis die Salzstangen brechen.

Nur im *Interregio*. Täglich zwischen 5 und 23 Uhr. Von der Kirche als Sodom & Gomorrha gebrandmarkt, will eine entnervte Bahn den *Interregio* jetzt ausrangieren.

BIELEFELD

Meine Nachbarin kommt in dem Moment aus der Türe, als ich die meine gerade abschließe. Zwei Koffer, ein Kleidersack, ein Rucksack umringen mich. „Lanzarote!", sage ich mit Bestimmtheit auf ihren fragenden Blick hin. „Ehrlich?", fragt sie mit ungläubigem Staunen, denn als draußen der Schneesturm anfing, sagte drinnen der Wetterschweizer im Fernseher gerade: „Und ab morgen wirds dann so richtig ungemütlich!" Ich schüttle den Kopf und sage: „Bielefeld!"

Eine Wahnsinnsdestination! Als es in den 80er Jahren en vogue war, Städtenamen mittels griffiger Slogans auf Aufklebern populär zu machen, z.B. der waghalsige Koblenzer Versuch mit „KO ist OK", habe ich den Bielefeldern „BI ist bi" vorgeschlagen. Wie ich bei einem neuerlichen Besuch feststellen muss, hat man diese Anregung nicht aufgegriffen. Dafür atmet die Stadt mittlerweile internationales Flair, wovon stolz eine Imbissbude mit der Aufschrift „Hamburger. Pommes. Amerikanische Lebenseinstellung" kündet. Gleich um die Ecke ein *Motorradausbildungszentrum* – wusste gar nicht, dass Motorräder ausgebildet werden können. (Worin?) Das kann allerdings nicht überraschen in einem Land, wo der Stadionansager Autos darum bittet, wegzufahren.

„Humorvolles Kabarett" hat mal eine Bielefelder Zeitung über meinen Abend getitelt. Humorloses Kabarett gibt es natürlich auch, nur heißt das anders, jeden Abend kann man das in den einschlägigen Nachrichtensendungen wie *Tagesschau* oder *Heute* mitverfolgen. Wegen meines Auftritts bin ich dezent beunruhigt, da ich weiß, dass die Ostwestfalen nie so recht aus sich herausgehen. In manchen Städten ein weiser Entschluss: Was sollen sie da auch? Wahrscheinlich haben sie aber lediglich Angst, wieder in sich zurückzufinden.* Ich bin nicht direkt nervös, mich macht nur die Vorstellung hibbelig, nervös werden zu können. In Ostwestfalen habe ich schon Auftritte erlebt, bei denen ich alle zehn Minuten ins Publikum gerannt bin, um mich persönlich davon zu überzeugen, dass die Leute weder gefesselt noch geknebelt sind. Sicher, altbekannte Klischees, aber wieso müssen diese verdammten Klischees meistens auch noch zutreffen?

---

* Entschuldigung, da hat anscheinend das automatische Pointenlöschprogramm meines Computers versagt. Bill! Wie oft habe ich dir gesagt...

OSNABRÜCK

Weiß gar nicht, was die immer haben in der Republik, wieso Osnabrück zum Synonym für Provinz geworden ist, vergleichbar mit Meppen im Fußball. (Keine Ahnung, ob ich je in Meppen war, würde mich aber nicht wundern.)

Als Auftrittsort formidabel, weil unaufgeregt, ihre Künstler behandeln sie gut, die Osnier sind freundlich und die atemberaubend uninteressante Stadt mit ihren gelegentlichen urbanen Andeutungen, doch, sie hat was: Beschauliche Momente am Gestade der Osna. Ich kann den Schriftsteller Peter Bichsel verstehen, der die Langeweile buchstäblich sucht: Solange ich bloß nichts erleben muss, soll mir alles recht sein. Schlechtes Essen, miserable Musik, klischeeartige Taxifahrer, das übliche gefäßverengende Reisen genügen mir unterwegs durchaus. Da ist eine Stadt wie Osnabrück ein willkommenes Naherholungsgebiet.

Diesmal allerdings einige Aufregung, als ich eiligen Schrittes die *downtown* durchmesse und auf rote Canyons im Morgenglast, kristallklare Seen, einen Vulkan gar und div. unberührte Palmenstrände stoße. Neuerdings Natur pur, Osnabrück als durchgehende Liebeserklärung an die Wildnis, das habe ich anders in Erinnerung. Gottlob alles nur auf Hochglanzplakaten. Osnabrück hat anscheinend einige Defizite in seinem Erscheinungsbild diagnostiziert, die es nun unter Aufbietung von Myriaden von Dia-Desperados vergessen machen möchte. Im Akkord schleudern sie Träume an die Wand, ein Heer von Nomaden der Neuzeit mit Überblendtechnik und Dolbysound, und nachgerade darf man dankbar sein, dass in der City so viele Geschäfte bankrott gegangen sind: So bieten die Schaufensterfronten ausreichend Hängefläche für die schönen Bilder. Da können die Psychofritzen noch so oft sagen: Alles nur Projektion – ist schon ein Wahnsinn, wie sich der gute, alte Diaabend gemausert hat! Osnabrück hat einfach alles.

STRASSENBLUES

Häufig sind es die berühmten fünf Studenten aus St. Petersburg, wahrscheinlich immer dieselben in unterschiedlicher Kostümierung, vielleicht auch nicht, jedenfalls unbedingt aus St. Petersburg, vorm. Leningrad, also nicht das in Florida. Diese Bands aus dem Osten arbeiten vollprofessionell, spielen in Windeseile viele Kopeken ein, sogar der Rubel rollt, binnen einer halben Stunde gelegentlich so viele, dass es reicht, den rachitischen Kleinbus auszulösen, der in der Zwischenzeit aus dem Parkverbot abgeschleppt wurde. Andere Asphaltcombos fahren ein *equipment* auf, das *Metallica* ebenbürtig ist, in nicht wenigen der pittoresken Altstädte Deutschlands mussten ganze Häuserzeilen abgerissen werden, damit die mit ihren Trucks überhaupt durchkamen.

Wenn man großes Pech hat, dringen Panflöten ins Gehör, diese multikulturelle Betroffenheitsflöte, eine überdimensionale Wolke von Schuld hängt über dem Tatort in der örtlichen Fußgängerzone; hier an diesem Andenseptett kann man alles wiedergutmachen, was Generationen von Vorfahren der 3. Welt angetan haben, da schrammeln sie ekstatisch auf umgebauten Gürteltieren und blasen in diese enervierenden Flöten hinein – warum hat Pizarro die nicht auch ausgerottet, wenn er doch gerade dabei war? Wobei der Indioanteil in letzter Zeit beträchtlich runtergefahren wird zugunsten der Esoterik, am meisten rasten Erdkundelehrerinnen natürlich auf indianische Esoteriker aus, die das Wissen in sich tragen, egal welches. Ich ringe derweil mit allerlei Verfolgungsfantasien, da sehe ich diesen Raum in der Größe einer Zeppelinmontagehalle, vollgestellt mit Monitoren, die alle relevanten Spielplätze Europas zeigen, von der Spanischen Treppe bis zum Marktplatz in Bad Mergentheim, und fluglotsengleich ein hektisches Häuflein Inka- oder Mayanachkommen, das all diese Aktivitäten leitet: weiter nach Brüssel, begebe dich nun nach G 9 usw. Wir haben es hier, so stelle ich es mir vor, nicht mit *Montezumas Revenge* zu tun, sondern mit der musikalischen Rache des Medellínkartells.

HANNOVER

Möwenpick. Ein älteres Ehepaar tut sich an Champagner-Trüffeltorte gütlich.

    Sie: „Das sättigt ganz schön."
    Er: „Weiß ich nicht."
    Sie: „Das merkt man doch!"
    Er: „Ich nicht."

Am Ausgang fällt mein Blick auf eine Tafel: „Die halben Preise gelten nur für die ausgezeichneten Speisen!" Ich hoffe, die Champagner-Trüffeltorte war ausgezeichnet. Dann müsste sich beim Bezahlen allerdings die Frau durchsetzen.

MOTHER TONGUE BLUES

Die vielen englischen Kapitelüberschriften sind Ihnen auch aufgefallen, gell? Bissel aufdringlich, huh? Muss halt mit der Zeit gehen. Neue Käuferkreise erschließen ... Schauen Sie sich nur die Medienwelt an: Nachrichten heißen kaum noch so, sondern news. Wenn man Pech hat, sogar action news. Und was liefern die einem? Früher Fakten, Fakten, Fakten; heute schlicht facts. Zur prime-time, also after eight. Vom anchorman – der heißt wahrscheinlich so, weil ihm wegen des Quotendrucks das Wasser bis zum Halse steht. Das ist jedenfalls jetzt alles deutsch, sozusagen modern talking. Oder noch besser Oxford German: Das movie der Woche. „Business-Wetter" – was immer das sein mag. Haben Geschäftsleute vielleicht andere Witterungsbedingungen? Und dann warten alle auf den jackpot beim Lotto, naja, *Hanstopf* klänge auch wirklich ein bißchen arg blöd. Obwohl das viele Leute falsch handeln. Neulich hat ein Bekannter gesagt: „Du, bin grad erst heut morgen aus New York zurückgekommen, ich hab noch sooo 'nen jackpot!"

Falls Ihnen die ganzen Anglizismen auf die Nerven gehen, rufen Sie einfach unsere hotline an! Gott schütze uns allerdings vor diesem Besserwisser-Club in Hannover, dem Verein zur Wahrung der Deutschen Sprache, der gerade lautstark nach dem Gesetzgeber geschrieen hat, der nun endlich einschreiten müsse wie in Frankreich und uns vor fremden Ausdrücken schützen möge. Als hätten wir hierzulande einen Mangel an Vorschriften! Ich hab doch nur ein paar mickrige Überschriften verwendet, um mit der Zeit zu gehen. Die deutsche Sprache ist ja auch nicht ohne Macken! Soeben haben irgendwelche Schlaumeier das Wort Größenwahn aus dem Verkehr gezogen. Neuer Name: Wahn XXL!

Seit März 1998 hat die Deutsche Telekom ein neues Tarifsystem, das gute alte Ferngespräch heißt seither nicht mehr Ferngespräch, das klang den Telekomikern wohl zu weit hergeholt, es heißt jetzt *German Call*. German Call! Demzufolge müssten deutsche Anruferinnen jetzt German Callgirls heißen. Passend dazu gibt es den *German Parcel Service*, der ziemlich sicher den innerbetrieblichen Postverkehr bei Post und Telekom erledigt.

LANGENHAGEN

Wieder so ein Abstieg, zwar nur ein paar Stufen, aber runter geht's allemal. Oben ist das Hallenbad, drunter das Kleintheater. So stelle ich mir einen Auftritt im Elbtunnel vor: wenn man nur der Stöpsel hält! Ich checke die Kundschaft im Eingangsbereich: Die mit Plastiktüten oder Matchbeuteln wollen sicher nicht zu mir. Der erste Auftritt, bei dem man auf dem Weg zur Bühne eine Chlorvergiftung bekommen kann. Den Veranstalter habe ich wohl zehn Jahre weichgekocht, um mich zu engagieren. Als er endlich zusagte, hatte ich gehofft, er habe angesichts meiner Hartnäckigkeit resigniert. Wahrscheinlich aber hat ihn das Chlor benebelt.

Was ist das nur für eine Obsession der Deutschen mit ihren Kellern? Man denke nur an die berüchtigten Partykeller in den 50er, 60er Jahren. Rührt hier die Redewendung „zum Lachen geht der Deutsche in den Keller" her? Und was will sie uns sagen: Hier unten ist sicher Kichern, weil es oben nicht zu hören ist, weil man bei der schlechten Beleuchtung den Nebenlacher schlecht beobachten kann, weil die Fenster wenig Einsichtmöglichkeiten bieten? Im Keller kann man kaum aus dem Fenster springen. Zudem lagern da drunten die ganzen Weinbestände. Lachen und Wein liegen nahe beieinander, und wenn eine Flasche entzwei geht, bildet sich eine Lache. So einfach ist das. Entsprechend zum Weingummi hat sich auch Lachgummi auf dem Markt durchgesetzt. Hinzu kommt, dass die Deutschen immerzu einer gewissen Tiefe bedürfen. Deswegen siedeln sie ihren Humor zunehmend gerne unterhalb der Gürtellinie an. Spielt sich alles tief unten ab, deswegen haben Kleinkünstler häufig etwas Heruntergekommenes.

Kabarettisten hingegen lachen kaum zum Privatgebrauch. „Wenn Sie in diesem Geschäft nicht lachen können, verlieren Sie den Verstand!", sprach Cybil Shepard in ihrer Sitcom. Dafür geben sie allerdings ständig mehr Antworten, als überhaupt Fragen gestellt wurden, und stehen damit in direktem Widerspruch zu Karl Kraus, denn dort steht geschrieben: „Künstler ist nur einer, der aus der Lösung ein Rätsel machen kann!"

CELLE

In der Luft hängt ein Duft von magentafarbenen Jogginganzügen. Ganze Rudel sportiver Frauen, die sich ihre natürliche Frische und leider auch ihre berühmte Schnauze bewahrt haben, wa. Die Raschelkleidung wurde, damit man sie besser von den neuen Telefonzellen der Telekom unterscheiden kann, einheitlich mit der Aufschrift: „Parkflitzer Berlin" versehen. Die Damens benutzen allesamt den Aufzug.

Celle drängt sich zum Witzeln auf als immerhin einzige Stadt der Republik, die wohl niemals von einer Gemeindereform heimgesucht wird, allein schon wie das klänge: Celle 1, Celle 2 usw. Dazu passt die Geschichte des Taxifahrers, der mir erzählt, im vergangenen Jahrhundert habe man die Stadtväter vor die Wahl gestellt, ob sie lieber ein Gefängnis oder eine Universität haben wollten. Wie diese sich entschieden haben, weiß man spätestens seit dem „Celler Loch". Das wird ewig an dieser Stadt haften bleiben wie der Schleifer an Nagold und der Schacht an Lengede. Stigma-Geographie. Eschede liegt in der Nähe. Und woran denkt man bei Lebach? Wyhl? Wackersdorf? Gorleben? Das wäre mal eine eigene Landkarte wert.

LÜNEBURG

Nachdem ich nun fast das gesamte Postleitzahlenverzeichnis rauf- und runtergespielt habe, jedenfalls in den Westgebieten, setze ich erstmalig meinen Fuß nach Lüneburg. Mein nördlichster Auftrittspunkt in diesem Jahr, sieht man einmal von East Lansing, Michigan ab. Woran aber erkennt man, dass man sich in Norddeutschland befindet? Weil die Städte kategorisch durchgeklinkert sind und die Salate aus nicht nachvollziehbaren Gründen mit Dosenmais übersprenkelt werden. Einem Süddeutschen würde das nie in den Sinn kommen, eher greift er zu Zucker. Süßem Zucker. Lüneburg ist trotz der Ziegelüberdosis recht ansehnlich, allerdings kommt einem nach zwei Tagen Hannover jede menschliche Ansiedlung irgendwie ansprechend vor.

Ohnehin hat sich die Reise schon gelohnt, nirgends sonst habe ich bisher einen „Erlebnisfrisör" gefunden. Und nach diesem Erlebnis darf man in der Bifidus-Metropole bei einem „Studenten-Joghurt" wieder zu Kräften kommen: der besteht aus Eis, Sahne, Müesli, Honig. Ansonsten hab' ich es nicht so mit Fitnessfraß, aber da will ich gerne eine Ausnahme machen, hier weiß ja keiner, dass ich nicht mal Abitur habe. Hoffentlich verlangen sie keine Immatrikulationsbescheinigung. Zu gesund darf unsereins nicht daher kommen, da ist man schnell unglaubwürdig. Zwar sagt mir mein Körper derzeit eine Menge, aber ich muss ja nun nicht mit jedem reden. Allenthalben begegnet einem das Wort wellness. Fitness ist mir schon nicht sympathisch, Bettnäss nicht unbekannt, aber wellness? Vielleicht führt der rührige Lüneburger Einzelhandel in irgendeiner Heißgetränkekarte einen Loch Ness Café, bei dem ich in Ruhe über das alles nachdenken kann. Für ihre innovativen Ideen ist die örtliche Geschäftswelt schon jetzt dringend zu loben!

-HAVEN

Schwarze Flecken, in denen kein Leben möglich ist, breiten sich im Wattenmeer der Nordsee aus, berichtet die Presse. Nana, so schlimm kann das nicht sein: ich bin selbst in einem schwarzen Flecken großgeworden, in dem an sich kein Leben möglich war, und dennoch ... Diese Nordlichter! An die Küste verschlägt es mich nur selten, ich brauch keinen Sand, um mich gestrandet zu fühlen. All diese Strandorte mit ihrem identischen Fischgrätmuster kann ich kaum auseinanderhalten. Der Norden ist mir fremd: ein Zahntechniker hat mir einmal versichert, dass Zahnfarben regional verschieden seien in ihrer Häufigkeit, in Hamburg z.B. tendiere man zum Bräunlichen. Ob sie hier in -haven schwarze Flecken haben? Keine Chance, das herauszufinden, die Münder bleiben verkniffen. Ein todsicheres Mittel, um ein eher reserviertes Nordpublikum aus seiner Reserve zu locken: überschwenglich „Hallo Wilhelmshaven!" in Bremerhaven zu sagen oder „Schönen guten Abend Cux-!" in Wilhelms- usw. Bei Hape Kerkeling leitete es den Karriereknick ein, als er sein Lübecker Publikum mit „Hallo Kiel!" begrüßte.

Dieses -haven hat nicht unbedingt weniger Chinarestaurants als Shanghai und jede Menge Rotlicht, womit nicht unbedingt die Ampeln gemeint sind. Für eine gute Buchhandlung hingegen muss man lange laufen. Die Leute haben kein Geld für Bücher und fürs Kabarett schon grad nicht: sie bleiben in Scharen daheim. Oder liegt das daran, dass sich der Veranstalter den ersten Tag der Osterferien ausgesucht hat? Das wäre ein organisatorischer Geniestreich. Gigantische Arbeitslosenzahlen verschafften bislang höchstens der lokalen Baubranche kurzfristig Luft, weil sie den Neubau des Arbeitsamtes erforderlich machten. Ein Ort, der unter verschärfte Suizidbeobachtung gehört. Und nun die Frage: von welchem –haven ist hier die Rede: Wilhelms? Friedrichs? Cux? Bremer? Heiner Bremer? (Nennen Sie bitte auch den Ort, der nicht in diese Reihung passt.)

SYLT

Einmal am Tag verfinstert sich der Himmel, wird schwarz wie die Nacht, und eine Bö fegt über die Reetdächer, dass sich darunter die Balken biegen, und ein Pfeifton fährt den Menschen durch Mark und Bein. Die Einheimischen wissen, was kommt und ducken sich geübt, und wie ein etwas übergewichtiger Pfeil eiert ein dunkles Getüm über sie hinweg. Für die zahllosen Dauergäste, die die Ortsansässigen übers Jahr in die Minderheitenrolle verweisen, ist das Ereignis immer wieder ein großartiges Schauspiel der Natur, welches man den täglich frisch Herangekarrten so erklärt: „Das sind die Brathendl, die einmal am Tag von Oberösterreich her in die örtliche Wienerwald-Dépendance einfliegen."

Es gehört zu den Absonderlichkeiten der Gemeinde Keitum, dass es dort einen Wienerwald, aber keine Nordseefiliale gibt. Aber die Nordsee ist leergefischt, nicht mal Muscheln gibt es, seit die Abwässer nicht mehr ins offene Meer geleitet werden dürfen. Die Rechnung ist einfach: Keine Abwässer, keine Muscheln. Und bald gibt es auch keine Insel mehr. Den ehemaligen Auftrittsort *Vogelkoje* hat sich bereits der blanke Hans geholt. Kein Mensch weiß, warum man sich ausgerechnet an dieser Stelle einnisten musste, ich hatte aber an jenem Abend den Eindruck, hier trügen alle die Nasen derart hoch, dass die Gehirne einfach zu wenig Sauerstoff abbekamen. Die Insel Sylt bereitet ihren Verehrern jedenfalls viel Arbeit: Nach jeder Sturmflut müssen die Syltaufkleber auf Myriaden deutscher Autohecks mit der Rasierklinge fein säuberlich auf den neuesten Stand gebracht werden.

Ein eigentümliches Eiland. Anfang der Achtziger habe ich auf Sylt meinen bislang einzigen Küchenauftritt absolviert. Nachdem am Abend vor dem Auftritt das Jugendzentrum Wenningstedt von einer Rockerbande zu Kleinholz zerlegt worden war und die Jungs den Westerländern ihr Kommen für den Abend meines Auftritts avisiert hatten, entschlossen sich die Veranstalter, das aufrechte Fähnlein todesmutiger Besucher in die Wohnküche der verantwortlichen Sozialarbeiterin umzuleiten.

BLUES IN THE BOTTLE

Hartnäckig hält sich weltweit das Gerücht, bei den Deutschen rangiere Humor unter „heidnischen Bräuchen", nur weil unsere Sprache das Wort „Weinzwang" erfunden hat. Im Wort Ironie käme nicht zufällig die Buchstabenreihenfolge n-i-e drin vor. Deutsche seien selten positiv, heißt es weiter. Höchstens positiv getestet. Im Ernst, es gibt Leute, die verbreiten sowas. Excusez, ich lebe seit 23 Jahren davon, dass Deutsche sich über meine Texte amüsieren. Gourmetlachen, das gibt es nur bei uns! In Frankreich ginge das nicht – oder können Sie mir auf Anhieb *einen* französischen Kabarettisten nennen – mal abgesehen vom Nörgler von Notre Dame?! Deutschland wimmelt nur so von Schaulustigen! Wir und kein Humor – ha! Genausogut könnte man behaupten, dass Engländer ... äh ... nicht kochen können. Gut, das ist jetzt vielleicht ein weniger gelungenes Beispiel – ich verweise auf Thommie Bayer, der über englischen Salat schrieb: „Gewaschen gilt als angemacht." Tatsache ist: Deutsche lachen sich häufig einen Ast. Vielleicht sind sie deshalb so hölzern. (Aaarghh! Noch so ein brunzdaubes Klischee!) Eins ist klar: Wir Deutsche sind lockerer als früher, wir pflegen einen geradezu spielerischen Umgang mit unseren Problemen. Im Klartext: Die werden runtergespielt. Bzw. runtergespült. Die beliebtesten alkoholischen Helferlein dabei heißen *Jägermeister*, *Sechsämtertropfen*, *Pflaume*, *Kümmerling* und *Kleiner Feigling* – also bitte, selbstironischer kann man wohl ein Land nicht beschreiben. Dazu gesellt sich dann ein Drink namens Aufgesetzter, der Auskunft über die hochkarätige Stimmungslage erteilt.

Im Ernst! Die Deutschen werden immer extremer. Mehr und mehr Kunden greifen im Supermarkt zu Wildreis. Ah bon, sie verbringen ganze Tage mit dem Versuch, ihn zu domestizieren, aber das sind Kinderkrankheiten. Der Deutsche ist kein Kind von Traurigkeit. Gut, er ist auch kein Erwachsener von Fröhlichkeit, aber das wird schon!

MAGDEBURG

Magdeburg war der Schauplatz der Bundesgartenschau 1999. Das Gelände der Ausstellung befindet sich auf einem ehemaligen Exerzierplatz, weswegen die Rosen stramm stehen und das Obst Spalier. Früher Rote Beete, heute „Schwarz-braun ist die Haselnuss". Reges Interesse findet das Zuchtgelände für ein Heilkraut namens „Knotiger Braunwurz."

The Lifestyle of the Poor & Unknown. Potemkinsche Stadtteile, Pawlowsche Pitbulls. Mitglieder der „Nationalen Vorhaut" lümmeln um Pommesbuden herum, knöcheltief im Gescherbel zerschmetterter Bierflaschen. Die wahren Elendsquartiere sind nicht selten die Gehirnzellen. Ein paar herrenlose Punks als Kontrapunkte in gebührendem Abstand. Im Grunde genommen geht es im Leben immer nur darum, wie man sich die Zeit vertreibt, bis die Polizei kommt. Manche Gebäude sind so armselig, dass sie es nicht mal zu eigenen Schmierereien gebracht haben. Das Problem der Massenhaltung beim Menschen muss die EU schleunigst in den Griff kriegen! Hochrangige amerikanische Militärs sollen der NATO unlängst allen Ernstes vorgeschlagen haben, Magdeburg als Zielort für Bombentraining auszuprobieren wegen seiner ständigen Aufmärsche. Keine weiteren Fragen, Euer Ehren. Gottlob muss ich nicht aussteigen. Mag sein, dass ich ungerecht bin, ich reise ohnehin düsterster Stimmung, da funktioniert der alte Chamäleontrick umgekehrt, da ändert die Umgebung die Farbe.

BERLIN

Lesung oder Kabarettabend? Ich muss wahrhaftig im Vertrag nachsehen: Eine Lesung, prima. Für Kabarett müsste ich mir nämlich die Haare waschen und dann würde die Zeit knapp. Lesung, das bedeutet allerdings gleicher zeitlicher Aufwand bei halber Gage. Die heißt da sowieso Honorar, das klingt würdiger. Lesung heißt aber auch: weniger Gepäck. Keine Requisiten. Und Buchhandlungen sind eine hübsche Erinnerung an die Jugendzeit ... schön, dasse rum ist! Lesungen sind insgesamt gemütlicher. Man kann es langsamer angehen lassen. Und darf Bücher signieren. Ich kenne übrigens jemanden, der mal Kurt Biedenkopf bei einer Signierstunde eine aufgeschlagene Mao-Bibel hingehalten hat. Kurt hat unterschrieben. Ein Freund besuchte einmal die Lesung eines Beatniks, der sich im Publikum erstmal eine Brille ausleihen musste. Günter Bruno Fuchs, der gelegentlich dem Alkohol in erheblichem Maße zuzusprechen pflegte, ließ einmal nach glaubwürdiger Auskunft des hochverehrten Kollegen Michael Schulte bei einer Lesung das Tempo immer mehr schleifen, er wurde langsamer und langsamer, um schließlich ganz einzunicken. Mittendrin. Während seiner eigenen Lesung, versteht sich. Mal gespannt, was die Kapitale der Currywurstfresser so alles in petto hat. Lesung aus „Küss mich, Käfer!" Gestern, kurz bevor ich aus dem Haus bin, hat mich die Vorsitzende des *Käferclubs* Berlin angerufen. Man würde ja rasend gerne kommen, versicherte sie mir, wa, aber det jinge nich: An dem Abend ham'wa Clubsitzung.

Ich nehme ein Taxi zur Buchhandlung. Die S-Bahn kannst du vergessen. Die ist gestopft voll mit Polizisten und privaten Ordnungshütern, die die Fahrgäste vor gewalttätigen Übergriffen schützen sollen. Ganze Hundertschaften werden da täglich aufgeboten, schließlich will man als Hauptstadt keinen schlechten Eindruck machen auf den Besucher aus der Provinz. Für Fahrgäste ist da leider kein Platz. Heinrich Heine riet für den Aufenthalt in Berlin dringend zum Genuss einiger Flaschen Poesie. Okay, ich habe verstanden. Was soll ich denn noch alles schleppen?

ROSTOCK

Acht Stunden zuckelt man von Heidelberg nach Rostock – ein beruhigender Sicherheitsabstand, trotzdem eine Strapaze. Die Städte ducken sich hinter Lärmschutzmauern – oder sollte man besser Schamwälle sagen? Ein Beitrag aus der Serie „Männer auf verlorenem Posten": Wladirostock. Vocklenburg-Meerpommern. Meck-Pommes. Ein Bundesland, in dem laut Statistik die Bürger pro Jahr 16 Liter reinen Alkohols konsumieren, im Vergleich zu den zwölfen im restlichen Deutschland. Und dann kommen ja noch die ganzen Getränke dazu! Im gleichen Zeitraum frisst die Ostsee ca. zehn Hektar der Küste von MVP. Auch eine Art, dieses Land loszuwerden. Ich kann nicht sagen, ob zwischen diesen beiden Statistiken ein Zusammenhang besteht. Jedenfalls bin ich froh, dass ich nicht permanent zur Osterheiterung beitragen muss.

Wenn es in der Architektur ein Gegenteil von Feng Shui gibt, dann sicher hier. Auch zehn Jahre nach dem Mauerfall machen viele Häuser den Eindruck, als würden die Bewohner ständig auf den Putz hauen. Mulmiges Gefühl auf dem Nachhauseweg, die Stadt ist miserabel ausgeleuchtet, ein Lied will mir nicht aus dem Kopf, begleitet mich als Soundtrack: „Was ich noch zu sagen hätte, sagt dir meine Fahrradkette ..." Ist das nur simple Klischeehuberei, die mich im Osten ständig an Skins denken lässt? Ich glaube ja, die Schermesser stutzen weit mehr als nur die Haare. Das geht irgendwie tiefer. Vorsätzlichen Haarausfall begreif ich nicht. Damit man ihnen kein Härchen krümmen kann? Der gesamtglatziale Bereich ist leicht erklärlich, da muss ich mich nicht auch noch zu ausbreiten, aber was zum Teufel ist denn an Skins schon dran außer keinen Haaren? I could leap out of my skin – aus der Haut fahren könnte ich! Da könnte ich gerne Karate. Habe keine Lust, eines Tages das Land verlassen zu müssen – head over heels, Hals über Kopf! Purer Eskapismus ist eh zum Davonlaufen! Da macht man nur Flüchtigkeitsfehler wegen der Fliehkraft. Emigrieren kommt für mich letztlich nicht in Frage, am Ende bekomme ich noch Heimweh, wer weiß, und Deutschland ist nun wahrhaftig das allerletzte Land, nach dem ich je Sehnsucht haben möchte.

Wo bleibt die verdammte Kavallerie?

GLAUCHAU

Der Osten ist exotisch, denke ich, während ich in der VIP-Lounge des Bahnhofes im sächsischen Glauchau sitze und die Zeitung studiere. Die Nachricht von der Aufklärung eines Taximordes wäre mir sonst womöglich entgangen: „Der Täter erbeutete 200 Mark (102 Euro)." Unter vormittäglichen Pilstrinkern (10:35 a.m.) schlürfe ich einen Espresso doppio, im Hintergrund singt Chrissie Hynde. Wie in aller Welt hat es Lavazza fertiggebracht, in diesem Winkel der Welt einen Fuß in die Tür zu bekommen? Und was serviert man am Nebentisch? Einen Strammen Max. Es ist lange her, dass ich sowas in freier Wildbahn gesehen habe. Zweimal schon hat es mich nach Gearhart, Oregon oder Roslyn, Washington verschlagen – hier im Südosten war ich jedoch nie. Wenn uns die Wiedervereinigung etwas beschert hat, dann einen hohen Gewinn an malerischen Ortsnamen. Mein Favorit: Müllrose am Eingang des Schlaubetals. Ein Ort namens Nöbdenitz hat sich in meine Erinnerung gekerbt, weil das so hübsch türkisch klingt, den Glatzen vor dem Bahnhof zum Trotz. Stundenlang hat der Zug gemächlichen Tempos blühende Landschaften durchquert, vorbei an rostzerfressenen Tankkesseln mit der Aufschrift „Heizöl Gefahrenklasse III" und steinalten Rangierloks, auf denen das unpassende Wort „Logistic" prangt, mit c am Ende. Im nahegelegenen Weidenau hat soeben eine *Walmart*-Filiale eröffnet, berichtet die Sächsische Zeitung: „‚Wer ist die Nummer eins?' ruft Rainer Ehme laut in die Runde und spornt sein Team dabei händeklatschend an. Die Antwort kommt vielstimmig im Chor zurück: ‚Der Kunde!'", wahrscheinlich skandieren sie „Gunde"; keine drei Seiten später muss ich allerdings wenig Schönes über die Zustände in Waldenburg erfahren: „In der Töpferstadt ist es keine Seltenheit, dass Straßenlampen ganzer Straßenzüge mit dem Luftgewehr kaputtgeschossen werden. In den Leuchten stecken Diabolos. Der dadurch entstandene Schaden wird von der Stadt bis jetzt mit rund 15 000 Mark beziffert usw." 15 000 Mark, das ist ja der Wahnsinn, allessisteins, eine Soße, Waldenburg, die Betonburgen Marseilles, South Central L.A. Deutsche Auswanderer bringen das Rezept für Bratwurst im Schlafrock über den großen Teich, als *Hot Dogs* kommen die armen Würstchen zurück. Ich nehme noch einen Espresso, hier ist der „Gunde Geenich". Glauchau, ein Ortsname, der besser niemals in die Fänge von Stephan Raab gelangen sollte. Nur eines noch: dass der Bahnhof dort über eine VIP-Lounge verfügt, haben Sie doch wohl nicht im Ernst geglaubt?

AMERIKA

„Einmal nach Amerika", kichert der Schaffner, „ohne Schiff und ohne Flugzeug!" Die Zugbegleiter strahlen überhaupt, wenn sie den Fahrschein sehen: Heidelberg-Amerika (Sachs) über: H: FD*JS*WDA*Glauchau. Insgesamt 16 Stunden im Zug, dieselbe Zeit benötigt man für einen Flug nach Newark und retour. In den Staaten habe ich mal Heidelberg besucht, ein lausiges Nest in Pennsylvania unweit Pittsburghs. Das Amerika der Alten Welt liegt erstaunlicherweise im Hoheitsgebiet der ehemaligen DDR, genauso wie Neuamerika (PLZ 09487) oder Philadelphia (15859). Womöglich tut es generell nicht not, nach Übersee zu reisen (Übersee hat übrigens die Postleitzahl 83236, liegt aber in Oberbayern) – vieles, was Amerika bietet, kriegt man längst hier. Amerika liegt im Tal der Mulde, von Glauchau braucht der Zug 40 Minuten, schnurrt einspurig durch ein Tal der Ahnungslosen, wo die Zone noch Zone ist und Trabbis und Wartburgs Gebrauchsgüter geblieben sind. Ein gedeihliches Klima für Satellitenschüsseln. Vieles ist verrottet, verrostet, verlassen, verödet, sieht folglich so aus wie Michigan oder Mississippi. Die Birken gaukeln Colorado vor. Ein paar Felsen simulieren die barocken Gesteinsformationen der Wisconsin Dells. Szenenwechsel, Auen mit darüberfliegenden Elstern, schackernd, wie es so schön heißt, mit exzellentem Gespür für Timing. Ein Reiher stakst am Ufer entlang, die Mulde verzweigt sich in ein Geflecht, den Bayous Louisianas nicht unähnlich, um träge zur Papierfabrik Wolkenburg weiterzuplätschern. Ein kleines Stauwehr beschwingt sie zu einer Parodie auf die Niagarafälle. Wenig weiter erinnern drei Silos an den Norden Iowas. Penig (im Lautsprecher „Beenich") hat dagegen eher was von Gary, Indiana, es dampft und qualmt, rasch begreift man, was sie damals mit „Arbeiterstaat" gemeint haben. Ein paar Felsen aus Karl-May-Filmen schließen sich an, ein richtiger H0-Canyon. Amerika ist eine Handvoll Häuser, die sich wie eine Wagenburg um eine ehemalige Seidenspinnerei geschart haben. Das Gesamtensemble erinnert an die Anzeigenidylle der Jack Daniels Destille in Tennessee, wo nie jemand so richtig zu arbeiten scheint. Hier aber wird richtig rangeklotzt. Baulärm. 53 Wohnungen werden „komplettsaniert". Immerhin. Die Werbung auf den zahlreichen Planen preist *maxit Speedy WDVS* an, was immer das sein mag. Auf dem höchsten Gebäude des alwo Werks III flattert eine zerschlissene U.S.-Flagge neben der intakten sächsischen Fahne. So kompakt hat man das in den Staaten nicht mal im Six-Flags-Amüsierpark in New Jersey.

RAILROAD BLUES

Meine sehr verehrten Damen und Herren, wir begrüßen ganz herzlich alle zugestiegenen Fahrgäste im *ICE 524 Alfred Biolek*. Mein Name ist Gerhard Prückner und ich bin Ihr Zugchef. Mein Team besteht aus Ute Schollenbecher, Katrin Hegemann und Peter Dahl. Sollten Sie irgendwelche Fragen haben, wenden Sie sich vertrauensvoll an uns. Ute Schollenbecher erkennen Sie an ihren kurzen roten Haaren und dem leichten Silberblick, Peter Dahl ist der junge Mann, der sofort knallrot anläuft, wenn Sie ihn ansprechen. Hat auch allen Anlass dazu.

In der Mitte des Zuges befindet sich das Bordrestaurant, in dem Sie unser *Mitropa*-Team gerne erwartet. Frau Makkulla und Herr Drastic werden alle Ihre Wünsche erfüllen. Ganz besonders freut es uns, dass unser Maître de cuisine, Monsignore Häberlein, seine ansteckende Krankheit fast überwunden hat.

Meine Damen und Herren, die Abfahrt des Zuges verzögert sich um einige Minuten zur Aufnahme von drei Anschlussreisenden aus dem *Interregio 2588 Tony Marschall*, namentlich um Isolde Welbers, Reinhard Märzworm und Detlef Gerres. Das gibt mir die Gelegenheit, Ihnen die Mitarbeiter unseres Stellwerkes vorzustellen, allen voran den unverwüstlichen Ewald Konen, der sich seine Meriten in quasi allen Abteilungen der Oberbahndirektion Frankfurt verdient hat, vor allem in der Kellerbar, unterstützt durch Karl König, Thomas Dinkel, übrigens seit ca. zweieinhalb Monaten ohne Blackouts, weil er einfach weniger kokst, und last, but not least unser Theo Agnostopoulos, der die ihm aufgetragenen Arbeiten stets zur Zufriedenheit erledigt, wenn auch nicht zum vorgesehenen Zeitpunkt.

Das *ICE*-Team, das Sie von Frankfurt aus begleitet hat, möchte sich nun von Ihnen verabschieden und wünscht Ihnen eine gute Weiterreise. Meine Damen und Herren, wegen Aufnahme von drei Anschlussreisenden aus dem *IR 2588* hat Ihr Zug derzeit 17 Minuten Verspätung. Ihre Anschlusszüge in Kassel-Wilhelmshöhe konnten leider nicht ...

KASSEL

Dieser Stadt, das darf als vorausgesetzt gelten, eignet wenig Erhabenes. Für alles, was Fernweh schürt, ist Kassel der optimale Nährboden. Ideales Terrain für die Einrichtung eines Australienshops.

Um die Grundversorgung Nordhessens mit elementaren Artikeln des täglichen Australienbedarfes müssen wir uns ergo keine Sorgen machen. Auch das südliche Niedersachsen profitiert. „Kangaroos – next in air", das gelbe Schild sticht wie ein Blitz aus der Kasseler GrauSoße hervor. Dicke Wollsocken aus australischer Wolle (die mir als erstes in den Sinn kommen, wenn ich an den 5. Kontinent mit seinen antarktischen Temperaturen denke), die Wolle von mottensicheren Schafen, versteht sich, Marmite, Winfieldzigaretten, Beutelkunst, Buschhüte, Schnabeltassen, Foster Beer, australische Schäferhunde, Wombats, alles was das Herz begehrt. Das Geschäft verfügt sogar über einen Notschalter. Sollten Sie also irgendwann nachts wegen eines dramatischen Bumerangdefizits aus dem Schlaf schrecken – no problem. Auch wer zu fortgeschrittener Stunde eine, um es mal in gepflegter Umgangssprache auszudrücken, Ethnotussi von seinen Qualitäten auf dem Riesendidjeridoo überzeugen will, kann hier, „down under", außerhalb kleinlicher Öffnungszeiten fündig werden.

Solche Läden machen das Leben in einem unwirtlichen Land erträglicher. Sollte ich irgendwann endgültig die Schnauze von Deutschland voll haben, werde ich in Adelaide oder Cairns einen Deutschlandshop aufmachen. In einem Häuschen ganz aus Pumpernickel, mit Saumagen und Sülze in der Vitrine, Autogrammkarten von Karl Moik und Stefan Raab, Videos von Verona Feldbusch und Berti Vogts sowie der *Bildzeitung* und *Praline* am Ständer und *Grafschafter Goldsaft*. Die Emigranten werden begeistert sein, weil sie sich hier immer an die Gründe erinnern können, die sie zur Auswanderung bewogen haben. Reisewillige Australier schrecke ich hoffentlich ab.

HABICHTSWALD

Die erste Straße heißt gleich Falkenweg. Falken weg? Vertrieben vom Habicht? Wohin? Nach Adlerslust? Eigentlich heißt die Gemeinde ja Ehlen, die Ortsverklumpungen der Siebziger Jahre in Hessen haben Habichtswald draus gemacht, zusammengelegt mit dem Nachbardorf. Seither sind manche Ortsnamen so lang, dass man sie nur auf Din-A4-Umschlägen unterbringen kann. Offensichtlich steckt hinter den ganzen Gemeindereformen die Post, die bei größeren Umschlägen mit höheren Portoeinnahmen rechnen darf.

Habichtswald liegt inmitten einer Basaltkuppenlandschaft und trotzdem gleichermaßen im D2-Netz, was einem Gespräche ins benachbarte Bundesgebiet gestattet. Laut Anschlagtafel sind die Basaltkuppen vor 75 Millionen Jahren entstanden. Fast so lange gibt es *Steinhorst's Dörnberg Kiosk*: „Wir halten für Sie bereit: das komplette Coca-Cola-Sortiment". Kein Ort entlegen genug, dass er nicht von der Apostrophen-Katastrophe heimgesucht worden wäre. (Irgendwo im Beitrittsgebiet sind mir mal pomme's frite's begegnet.)

Immerhin bietet Habichtswald ein Autohaus Fröhlich Toyota, „entstanden aus einer alten Schmiede" und zwei Jugendräume, in denen die Habichtswalder Homies (Cargohosen) in Ruhe kickern und Koffeintabletten lutschen können.

Oder was sonst so den Weg von Kassel (16 km) rüberfindet.

MARBURG

Sieht täuschend echt aus, dieses Städtchen, aber das Fachwerk ist nur Machwerk, denn Marburg ist keinen Tag älter als 30 Jahre. Wurde damals von Pullach in Auftrag gegeben: die Nachrichtendienstler brauchten dringend eine Art Biotop, in dem man abweichlerisches Gedankengut optimal erforschen konnte. Marburg ist ein Großversuch. Tübingen wurde damals als Modell genommen und in der oberhessischen Steppenlandschaft beinahe maßstabsgetreu wieder aufgebaut. Heute könnte man das natürlich klonen. Die Jungs haben saubere Arbeit geleistet: von einem gewöhnlichen Studentenkaff ist Marburg nicht zu unterscheiden. Eigentlich müssten sich die Balken biegen, wo doch die ganze Stadt eine Lüge ist. Mal ehrlich: wo findet man heute denn noch Che-Guevara-Poster und echte Flugblätter? Henna und Hasch? Anarchos und Autonome? Buchhandlungen mit Namen wie „Roter Stern"! Also bitte! Demnächst will man sogar wieder Hausbesetzungen anbieten! Die hübschen Fachwerkbauten bilden übrigens ein idyllisches Kontrastprogramm und sind aus dem Leben ihrer Bewohner nicht mehr wegzudenken. Selbst der abgefeimteste Agitator schwört auf die Heimeligkeit. Es handelt sich um Laubsägearbeiten. Ursprünglich hatten die Pullacher an Gebäude aus Lebkuchen gedacht, aber das Projekt ist auch so klebrig genug. Die Bauten sind stilprägend geworden, nach dem Marburger Modell werden die Kulissen der zahllosen Volksmusiksendungen gefertigt. Und die Geschichte Marburgs hat den Regisseur Peter Weir zu seiner „Truman Story" inspiriert. Häufig streifen, als Touristen getarnt, Besuchergruppen befreundeter Geheimdienste durch die Stadt, um sich aus erster Hand zu informieren. Haben mir für gewöhnlich gut unterrichtete Kreise berichtet. Überrascht hat mich das nicht: ich hatte immer das Gefühl, die sind hier nicht ganz echt. Jetzt frage ich mich natürlich jedesmal, wenn ich in Marburg gastiere: bin ich Komparse oder Künstler?

FULDA

Null da.

GELNHAUSEN

Einer der größten Einflüsse meiner Jugend war natürlich ohne Frage Pippi Langstrumpf, vor allem in ihrer Eigenschaft als Sachensucherin. Freilich macht mir Sachen*finden* weitaus mehr Spaß, und Lokalzeitungen zählen zu meinen beliebtesten Jagdrevieren. Eine Menge über Gelnhausen erfährt man aus der Gelnhäuser *Neue Zeitung*, z.B. über den Schützenverein Steinkaute:

„Auch Gehwegplatten hin zu dem Kleinkaliberstand sollten gelegt werden. Die emsigen Arbeiter schwitzten um die Mittagszeit schon heftig und erwarteten voller Sehnsucht ihre Schützenschwester Käthi Wiederspahn, die – wie schon des öfteren – für die Verpflegung der arbeitenden Schützen sorgte."

Aber keineswegs ist man hier nur weltlichen Dingen zugetan: „Vom Katheder auf das Pferd – das ist der Lebensrhythmus des Somborner Oblatenpaters Albert Schneider, der sich zur Zeit auf Heimaturlaub befindet ..." Oblatenpater! Was für ein Wort! Wandert unverzüglich in meine Hitparade.

Ob Grillfest der Diabetiker oder die große Abschiedsvorstellung des Circus Brumbach in Birstein, hier findet man schlichtweg alles. Und dass die heile Welt manchmal gar nicht so heil ist, vermag folgende Notiz zu belegen: „Na denn Prost! Eine Kiste Sekt und eine Kiste Kümmerling ließen Unbekannte aus einer Garage in Aufenau mitgehen. Außerdem zählten ein Starkstromreiniger, acht Winterreifen und ein Fahrrad zu ihrer Beute. Schaden: 8898 Mark." Das gemahnt fatal an die Zustände im sächsischen Waldenburg. Sollten hier etwa...?? Ich hoffe, der Oblatenpater wird den Mitgliedern der Aufenauer Cosa Nostra die Absolution verweigern! Rudy Giuliani, übernehmen Sie! Oder wenigstens Butz Peters!

FRANKFURT

Um das dauernde Unterwegs zu überleben, muss sich der Handlungsreisende seine eigene Infrastruktur schaffen. Das *Eiscafé Brustolon* am Koblenzer Bahnhof ist so ein Stützpunkt – seit 1934 gibt es den Laden (kein uninteressantes Jahr für eine Existenzgründung) oder das *Cosi-Cosi* in Frankfurt. In letzterem verkehrte ich so häufig, dass die dort womöglich meinten, ich wohne in der Nachbarschaft. Dieses kleine, tapfere Etablissement hat sich mit seinem Schicksal als Eisdiele nie zufrieden gegeben und firmiert unter *PizzeriaCaféBistro*, zu finden zwischen der U-Bahn-Station Dornbusch und dem Funkhaus.

Die bürgerliche Variante von Multikulti, ein deutsch-marokkanisches joint venture mit italienischem Eis, französischer Orangina und japanischer Mikrowelle. In seiner Unentschlossenheit eigentlich kaum zu ertragen, auch die aprikosenfarbenen Wände gestatten wenig Einkehr, verändern sich jahreszeitlich, hier wird Dekoration noch als stete Herausforderung begriffen: Bienen im Frühjahr oder Spargelsymbole, dann wiederum ist alles amerikanisch, auch die Speisekarte, zu Ostern Hasen usw. Dazu wechselnde Ausstellungen in Farbe oder schwarz-weiß. Aufdringlich all das, kaum auszuhalten, aber ohne das *Cosi-Cosi* wäre das Leben noch furchtbarer, denn dann bliebe nur der klebrige *Pizza Hut* nebendran oder die Verpflegungssozialstation im Funk. Die will ich mir gar nicht antun, das *Cosi-Cosi* beherbergt schon genug Kantinenflüchtlinge des Hessischen Rundfunks, und die müssen ihre Gründe haben.* Der Kaffee hier hört wenigstens auf den Namen *Lavazza* und das Mineralwasser erhält man auf Wunsch auch ohne Eis und Zitrone, d.h. dem Wunsch wird sogar nachgekommen, in der deutschen Gastronomie eine absolute Seltenheit. Die meisten Gäste werden per Handschlag begrüßt, man kennt sich, die Leute vom Dornbusch sprechen hier in kleinen Diskussionsgruppen ihre Blutdruckergebnisse durch und befreien sich für Minuten von täglicher Mühsal. Schon allein deshalb hätte mir ohne diese Aprikosenoase ganz entschieden was gefehlt.

---

* Haben sie eigentlich nicht. Eigenmundig getestet. Muss folglich andere Gründe haben: Gesichter, die man nicht sehen will o. Ä.

ÜBERLAND 3: DARMSTADT-GLANZSTOFFWERKE

Es gibt Städte, in denen man es besser vermeidet, öffentlich Zusammenhänge zwischen ihrem Namen und organischen oder physiologischen Termini herzustellen. Pforzheim wäre da in erster Linie zu nennen, ganz sicher auch Darmstadt, obwohl es in beiden Fällen ... aber lassen wir das. Namen sind nicht immer nur Glückssache.

Wer je in Darmstadt Bus gefahren ist, hat sicher noch den Klang jener schwerst depressiven Stimme im Ohr: „Nächste Haltestelle Luisenplatz". Beim erstenmal bin ich gleich aus dem Bus gestürzt, bevor der Fahrer Crashkurs auf die nächste Platane nehmen konnte. Laut Schild handelte es sich um eine Doppelhaltestelle. Ein Rätsel?! Gegenüber befand sich „das etwas andere Sonnenstudio" – was kriegt man da? Verbrennungen zweiten Grades im Angebot? Gerade in Hessen gibt es Städte, da muss ich häufig an ungetoastetes Toastbrot denken, fragen Sie nicht, wieso. Also nichts wie weiter.

Die Strecke zwischen Darmstadt und Aschaffenburg hat den Charme einer Tornadoschneise. Nur dass hier selten Tornados durchziehen. Eigentlich so gut wie nie. Obwohl die Mauer weit über hundert Kilometer entfernt verlief und ohnehin nicht mehr existiert, komme ich mir vor wie im Zonenrandgebiet. Orte, die malerisch um Regenüberlaufbecken herumdrapiert wurden. Der Schaffner ruft: „Endstation! Alles aussteigen!" und weiß wahrscheinlich nicht, wie nahe er der Wahrheit damit kommt. Und wiederum nicht: Aschaffenburg, dessen Bahnhof sich wohl als eine weitere Unterweisung in Sachen Demut begreift, ist gleichzeitig Abschussrampe in den unterfränkischen Orbit, mit einem anderen Bummler gehts weiter Richtung Obernburg. Meine favorisierte Haltestelle: Glanzstoffwerke. Welch poetischer Name! Die hier produzierte Ware muss ausschliesslich für den Export bestimmt sein, denn Glanz lässt sich auf Anhieb nirgends ausmachen. Wahre Cognoscenti kann das nicht irritieren: das armseligste Gulyasch (Pörkölt) meines Lebens habe ich in Mosonmagyaróvár gegessen, gleich hinter der österreichisch-ungarischen Grenze (ja, die sind getrennt!), die mieseste Plörre in San José, Costa Rica, getrunken – der Hauptstadt einer führenden Kaffee-Nation.

GRABFELD

Zu den Privilegien des Handlungsreisenden gehört das Vordringen in völlig unbekannte Galaxien, noch weit über die Außenposten der Zivilisation hinaus. Frühe Erkenntnis: Die alte Frage „Gibt es Leben da draußen" bedarf dringend der Ergänzung. Klopfe an die Schädel: Gibt es Leben da drinnen?

Ein Wetter wie an Allerdingsda, wir befinden uns anscheinend in der Permafrostzone, die Straßenkarte verzeichnet Ortsnamen wie Fladungen und Unterwaldbehrungen. Gestern abend ein Auftritt in Ostheim, in einem stillgelegten Kino. Einiges ist hier stillgelegt, bis auf die Rabauken, die im Nebenraum Tischfußball spielen. Gnädigerweise hat der Wirt die Musik leisergedreht. Ansonsten ist Ostheim eine Kloake des Friedens. Bei der Anreise, wir befinden uns Jahre vor dem Mauerfall, haben wir uns mehr als einmal gefragt, ob wir nicht aus Versehen auf das Staatsgebiet der DDR geraten sind. Auch Jahrzehnte nach der Wiedervereinigung wird jeder Trip hierher eine Grenzerfahrung bleiben. Verstehen Sie mich nicht falsch: das ist keine gottverlassene Gegend – Gott würde hier nie einen Fuß hinsetzen. Ein außerirdischer Abend. Zu keinem Moment lassen sie erkennen, ob sie Kontakt aufnehmen wollen. Wiener Liedermacher haben sich im Grabfeld, ja, diese Region heißt tatsächlich so, Anregungen für ihre suizidermunternden Songs geholt, rumänische Bergleute würden sich auf Anhieb in diesem Revier zu Hause fühlen, Hank Williams hätte an so einem Ort vor schierem Entsetzen das Saufen vergessen. Ist das jetzt meine übliche Schwarzseherei, d.h. déformation professionelle as usual, um es in geschliffenem Deutsch auszudrücken, oder habe ich tatsächlich einen Blick für die Realitäten? Der Auftritt lässt nur letztere These zu, tote Jacke wie Hose, ich strampele mich ab, solche Gagen nennt man in Fachkreisen Schmerzensgeld. Allein vom Anblick des Auftrittsorts bin ich noch tagelang erschöpft: ein Hinterzimmer mit Tapeten aus dem Novitätenkatalog von 1963. Um den Schrecken vollständig zu machen, müsste jetzt noch Gunther Emmerlich in der ersten Reihe sitzen. Bin heilfroh, dass ich mich hier nicht amüsieren muss. Wenn mal alle Stricke reißen, mache ich hier dermaleinst einen Sargnagelverleih auf. Noch etwas: das „Schönes-Wochenende-Ticket" hat in diesem Kapitel keine Gültigkeit.

NIEMANDSLAND

Ich leb in einem Niemandsland
Und niemand schaut mich richtig an
Und keiner fragt mich irgendwann
Was ich hier tu.

Das Rheinland hört kurz vor Aachen auf, regnet sich sozusagen an der Stadtgrenze ab. Behaupten die Öcher jedenfalls. Das Ruhrgebiet kann faktisch zu keinem Zeitpunkt existiert haben. Hagen ist eher das Tor zum Sauerland. Duisburg gehört eindeutig an den Niederrhein. In Recklinghausen beginnt quasi das Münsterland. Ob Wuppertal zum Bergischen Land gerechnet werden darf, ist nicht ganz geklärt, ein schwebendes Verfahren. Tendenziell ja. Dortmund rechnet in jedem Fall bereits zur Soester Börde. Datteln gemahnt natürlich ans Morgenland, eine Enklave höchstwahrscheinlich. Bei Hamm bin ich mir nicht sicher, aber wie ich die Lage einschätze: allersüdlichster Rand der Südheide. Lünen liegt längst im Teutoburger Wald. Ruhrgebiet? Keiner wills gewesen sein! Eine Region von beispielhafter Nichtexistenz. Genaugenommen handelte es sich beim früheren Ruhrpott um das größte zusammenhängende Waldgebiet auf westdeutschem Boden.

Niemandsland – ohne Sehnsucht
Keiner der – irgendwen sucht
Niemandsland
Ich denk, ich fang von vor-horne an.

OBERNBURG

Der einzige Lichtblick war der Taxifahrer, nicht nur, weil er mich von dort weggeschafft hat. Der Mann sitzt nur deshalb hinter dem Steuer, weil er seine Firma (Maschinenbau) als Folge der „Niedervereinigung" zusperren musste mit zwei Millionen Miesen. Ein paar Dutzend Lehrlinge habe er ausgebildet, die sich jetzt überwiegend an den Arsch fassen müssen. Früher habe er Musik gemacht, und da hätten die Obernburger nie getanzt, nur dagestanden und geglotzt, grad wie bei mir heute abend, außer dass sie sitzen mussten. Da sind Scheinwerfer ein echter Segen, da muss man diese Leute nicht auch noch angucken; niedrige Decke, flaches Licht, Totenstille, eine Übungsstunde für den morgigen Volkstrauertag. Die irren sich, mein Programm ist gut, hat sogar Aschaffenburg bestanden, und dort sind sie auch nicht eben euphorisch. Von denen kommt nix, sagt der Taxifahrer, und die sind auch noch stolz drauf. Er habe zuviele Schulden, sonst wäre er längst weg. Er nimmt mir viel von meinem Schrecken. Lichtblick Nr. 2 die ältere Dame, 78 Jahre alt, die die Chance ergreift, mich anzusprechen, schließlich stammt sie aus Mannheim, die Kurpfalzsequenzen im Programm vermitteln ein Stück Heimat. Der Krieg hat sie hierher verschlagen, klar, es müssen schon schwerwiegende Gründe sein, die einen in diese Gegend führen, Krieg oder Bankrott. Immerhin habe sie im Stadtrat gesessen trotz ihres dreifachen Handicaps: 1. Frau, 2. evangelisch und 3. Soze. Als sie damals als Kandidatin tingeln ging bei den Hausfrauen, wurden ihr fast ausnahmslos Fragen gestellt wie „Wieso putzen Sie nicht, es ist doch Freitag?!" oder, nach einem Blick auf ihren Waschzettel: „Warum sind Sie nicht bei Ihrem Kind?" Dem armen Taxifahrer bringe ich seine Umsatzstatistik durcheinander, denn vom Veranstaltungsort habe noch nie jemand angerufen, obwohl er dort schon vor zwei Jahren Visitenkarten deponierte. 40 000 Mark habe er insgesamt für Werbung ausgegeben, aber es sei in den Köpfen einfach nicht drin, das Taxi. Dafür gäbe es aber drei Mitbewerber, und das Landratsamt würde mindestens noch zwei weitere zulassen, um damit die Arbeitslosenrate im Kreis zu drücken. Fragen über Fragen: Wen kutschieren die dann eigentlich und wieso heißt der Laden mit dem Charme eines Gefrierschranks eigentlich *Kochsmühle*, wo doch überhaupt nichts kocht, geschweige denn brennt, und was wollen die überhaupt mit Kleinkunst? Ein schönes SM-Studio täte es doch auch.

SOMMERHAUSEN

Es klingt nachgerade albern, aber in Sommerhausen bin ich bisher nur im Winter aufgetreten. Der Ort könnte eine Fußbodenheizung gebrauchen. Habe meinen Koffer die rollenuntaugliche Hauptstraße hinuntergezerrt, altfränkisches Kopfsteinpflaster: Wer Inline-Skates hasst, ist hier bestens aufgehoben. Auch die Theaterdichte ist enorm: neben dem *Bockshorn* gleich das *Torturm*-Theater von Veit Relin. Für die Schauspieler eher ein Tortur-m-Theater, müssen sie nicht selten vor ein Publikum treten, dass vorher mehrere Weinproben durchlaufen hat, wobei sie als ungeübte Tester den Wein keineswegs wieder ausgesprüht haben.

Sommerhausen muss im Sommer eine rechte Sommerfrische sein, mit richtig altmodischer Natur. Neben der extremen Theaterdichte findet man unglaublich viele Antiquitätenläden, vielleicht, dass die Dinge hier schneller altern. Dazu gastronomische Betriebe in reichlicher Zahl. In den Auslagen entdeckt man „Dosenwurst aus eigener Aufzucht", in den Vitrinen lauern sicher auch international preisgekrönte Bierschinken, da möchte ich fast wetten. In ewiger Erinnerung wird mir zweierlei bleiben: wegen der verkehrsgünstig schlechten Anbindung bin ich in Sommerhausen im zarten Alter von 40 Jahren zum letztenmal getrampt. Wer mich mitgenommen hat? Ein Zahnarzt mit zwei Kindern in einem 280er Mercedes. Da wurden mit einem Schlag alle ehernen Trampergesetze zerschmettert!

Ganz früher, als ich noch privat übernachtete, wohnte der Veranstalter zur Miete im Obergeschoss einer – und damit sind wir endlich bei meinem Lieblingswort der deutschen Sprache – „Doppelhaushälfte". (Auf Platz zwei stünde dann „Planfeststellungsverfahren".) Der Vermieter war ein Maler im Sinn von Anstreicher. Im Treppenhaus hatte er voller Stolz eine gerahmte Urkunde ausgehängt. Die teilte einem mit, Herr Soundso habe seine Gesellenprüfung mit „ausreichend" bestanden.

NO SEX, BUT CRIME & BLUES

Folgendes: das Gastpiel ist rum, drei Tage im selben Club, gut besucht, ordentliche Gage. Du unterschreibst die Quittung, trinkst den Absacker mit dem Veranstalter, packst deine Siebensachen, trittst vor die Türe, biegst um die nächste Ecke und boing! Du siehst den Schlag noch und weißt gleich, was los ist, als du später zu dir kommst: Die schöne Gage ist futsch. Vor drei Monaten ist das dem Kollegen P. passiert, zwei Wochen danach dem V. Der Gagenklau geht um und in der Wahl seiner Mittel ist er nicht sehr wählerisch. Die Rechnung ist einfach: ein Künstler, der ein Theater nach einem Gastspiel verlässt, führt in der Regel größere Barmittel mit sich. Darauf hat sich der Räuber spezialisiert. Die Kabarettisten aber schreiten zur Selbsthilfe ...

Hatte gedacht, dies sei ein optimales Setting für ein Drehbuch, mindestens „Tatort", vor allem, wenn ich den Weg vom Theater zum Hotel durch fragwürdige urbane Ensembles wie Frankfurt oder Darmstadt nehmen musste; ein halbwegs originelles Thema, bei dem man auch schonungslos die Defizite der Humorbranche usw. ... Konnte so originell nicht sein, jemand anderes ist auch draufgekommen, allerdings kein Künstler, sondern ein Verbrecher. Hat dem Kollegen S., der vorm Theater überfallen wurde, immerhin eine Einladung zu Biolek eingetragen.

Was solls? Mit Drehbüchern ist das so eine Sache. Man rennt nicht einfach ungestüm mit Ideen zu irgendeinem Produzenten hin. Solche Leute nehmen einen nicht mal wahr. Höchstens, dass sie deine Idee bunkern, um sie Jahre später für ihre eigene zu halten. Also: Klappe!

HASSFURT

Nie dagewesen, obschon der Name einer gewissen Attraktivität nicht entbehrt. Im Gegenteil. Freunde des Modellbaus dürften die Firma *Pola* kennen, die in den 80er Jahren noch in der Agglomeration Haßfurt beheimatet war, bevor sie von *Faller* geschluckt wurde. Ich bin zwar kein Modellbauer, dennoch erfreute mich *Pola* in jenen Tagen mit einem maßstabgerechten und detailgetreuen Deutschlandbild im Katalog. Punker und Pyromanen gestalten einträchtig nebeneinander, weshalb man hier noch wahre Leidenschaft antrifft:

„Stadthaus im Abbruch. Bausatz, bestehend aus Restfassaden und Giebel mit halb heruntergerissenen Tapeten, Rest-Decken und Zimmerwänden, Abbruch-Schutthaufen, Bauzaun, Bagger und Ein-Achs-Bauwagen. Nicht nur das, sondern auch alte Heizkörper, Waschbecken und sogar eine alte Badewanne gehören zu diesem Bausatz ... In der Hauptruine Trümmer-Schutthügel, angrenzende Nachbar-Restruine incl. Löffelbagger ... Ganz links steht das repräsentative Gebäude der Volksschule, in der (zur Freude der Schulkinder) Feuer ausgebrochen ist ... Brennende Fabrik – Bausatz 263. Brennendes Gebäude ‚Gasthaus zur Sonne' Dieses Modell ist an Realität nicht mehr zu übertreffen ... Alle Bauteile dieses Bausatzes leicht künstlich gealtert ..." usw.

Ich habe mir unlängst das „update" des Kataloges besorgt. *Faller* hat fast alle Brände gelöscht und Schwarzwälder Biederkeit durchgesetzt. Nur zwei Objekte sind den Fallers anscheinend entgangen: „‚Paradies-Bar', Jugendstilhaus mit Ladenlokal im Erdgeschoss und Hinterhofanbauten. Einzelne Fenster können geöffnet werden. Vielseitige Reklame für eine Bar oder ein Bordell (auf englisch ‚House of Sheer Delight') liegt dem Bausatz bei." Und mein Favorit aus früheren Zeiten – unauslöschlich in meine persönliche Landkarte eingebrannt, als Hommage der Firma an die alte Heimat – hat die Katalogbereinigung überlebt und ist auf Seite 38 zu finden: „Brennendes Finanzamt. Nachbildung eines Amtsgebäudes in Haßfurt. Das Besondere dieses Bausatzes: verwitterte, rauchgeschwärzte Fassade; Spezial Rauchgenerator, 16 V, erzeugt dichten Qualm aus den Fensteröffnungen (Art. 84); Flash-Lampenset, rot, 16 V, erzeugt effektvollen Feuerschein (Art. 87); Rauchöl zum Nachfüllen des Rauchgenerators (Art. 85)".

WENDELSTEIN

Casa de la Trova nennt sich der Veranstaltungsort, ich habe *trova* pflichtschuldig im Wörterbuch nachgeschlagen, *niente*. Wenn ich ganz ehrlich bin, im Italienisch-Wörterbuch, leider entpuppt sich *trova* als spanisch, schlimmer noch: Kubanisches Spanisch, *trovas* sind Lieder, die auf Kuba gesungen werden, und hier, mitten in einem schrecklichen Neubaugebiet, befindet sich die *casa*, eine kubanische Infiltrationszentrale – eine prächtige spätsiebziger DHH. Das Theater selbst atmet mit seinen Rüschen und Deckchen Baden-Badener Flair, der Siggi-Harreis-Fanclub würde sich hier prächtig amüsieren. Man darf sich nicht täuschen lassen: Eine Kaderschmiede ist das, in der Lobby – oder sagt man in dem Fall besser: Eingangsbereich? – prangt ein flächendeckendes Porträt von Che Guevara und irgendwo hängt auch der unvermeidliche *Tres Pesos*-Schein mit seinem Antlitz, und die üblichen Verdächtigen blicken stoisch in Schwarz-Weiß von den übrigen Wänden, hier in Wendelstein, ein paar Meilen von downtown Nuremberg, rote Blumen im Vorgarten der *casa*, während in den anderen meistens aufgebockte Kleinyachten stehen, anscheinend ein hochwassergefährdetes Gebiet.

Ich habe mich immer gefragt, wohin sich die Altlinke zurückgezogen hat. Nie wäre ich auf die Idee gekommen, sie ausgerechnet hier in den Vorstädten zu suchen. In so einer Umgebung würde ich mich nach drei Tagen erschießen. (D.h. erschießen wäre viel zu laut, würde vermutlich die Nachbarn stören. Also lieber aufhängen). Es gibt sie noch, die *Falken*, vielleicht längst unter Artenschutz; brav sammeln sie für Fidel und bald werden sie zu den jährlich stattfindenden Jugendspielen in *La Habana* aufbrechen. Das revolutionäre Havanna lebt in Wendelstein. Ein Ort, den Exilkubaner weiträumig umfahren sollten. Aber Wenders sollte unbedingt erwägen, darüber einen Film zu drehen.

Hätte vier Jahre später herkommen sollen, dann wäre die *casa* sicher hip gewesen, dank Compay, Rubén und Ibrahim. 18 Zuschauer und nicht mal *Havana Club*.

TROPENLAND

Deutsche Behelfstropen heißen *Casablanca* oder *Café Havana* oder *Cohiba* und noch im tiefsten Winter spürst du die Hitze, *mucho caliente*, die freigesetzt wird bei dem Versuch, dieses Land für ein paar Momente ungeschehen zu machen, vielleicht sogar für *los wochos*, da werden Unmengen Kalorien verheizt. Jede Dekade hat ihre tropischen Ausbrüche, Santana in den Siebzigern, Salsa in den Achtzigern, kubanische Tänze (Mam*ba*? Mam*bo*?? Lumumba???) in den Neunzigern, spontane Auswüchse, sofern sie nicht von der Getränkeindustrie (Bacardi-Feeling), dem Verband der Zigarrenhersteller bzw. Deutscher Tanzschullehrer lanciert wurden, rührende Kulissen werden da zusammengebastelt mit Plastikpalmen und grobkörnigen Hemingways, *instant cuba*, in den *Gelben Seiten* finden sich Inneneinrichter, die sich darauf spezialisiert haben, unter „Tropenbedarf". Lebt sich nicht schlecht damit in einem Land, das im Februar seine durchschnittliche Sonnenscheindauer in drei Stunden abzufeiern in der Lage ist. Pas bisoin palé, wie der Kreole sagt. Jeder Vorstadtmarkt hat Limonen im Angebot und was nicht alles, der Enthusiasmus wird lediglich gebremst, wenn die Kassiererin ein rotgrünes Etwas in die Höhe hält und in ihrer Not die Kollegen zusammenbrüllt: „Was isn des do?"; beflügelt jedoch von Speisekarten, in denen Mangoschnitze plötzlich unter Mungo firmieren, eigentlich saukomisch, eigentlich sautraurig, noch eigentlicher bin ich aber dankbar für das Bemühen, dieses Land für ein paar Momente glatt vergessen zu dürfen, vor allem auf Tournee: Gracias, das ist genug Realität für heute, jetzt will ich betrogen werden, und dann kann ich mir im Kino unter keinen Umständen einen Film angucken, der in Deutschland spielt, sonst fegt mich eine Überdosis Teutonia hinweg wie ein Hurrikan, willig gebe ich mich daher jeglicher Beschwichtigung anheim, heiße jedes noch so durchsichtige Ablenkungsmanöver willkommen, außer in der Plumpversion Bogart/Monroe/Plastiklamellen. Ich fordere nicht mal Stiltreue ein, verlorene Liebesmüh, für die meisten Leute sind die Tropen wie damals, als wir noch eigene Kolonien hatten, irgendwas „da unten". Hauptsache, ich kann mir notfalls sogar in Walsrode einen von der Palme schütteln. *Mucho gusto.*

AUGSBURG

In jeder Stadt sucht man sich seine kleinen Freuden. In Augsburg ist es ein Reisebüro am Mittleren Graben namens „Lemming-Tours". Als ich dort anderntags eine Nordlandtour buche, bemerke ich ein merkwürdiges Glitzern in den Augen meines Gegenübers.

In Augsburg feiert man das Brechtjahr. Wahrscheinlich ist mein Auftritt die einzig brechtlose Veranstaltung. Wird da überhaupt wer kommen? (Obwohl meine Bücher im Regal oft neben Berti stehen, jedenfalls bei alphabetisch veranlagten Menschen, erschöpfen sich unsere Gemeinsamkeiten rasch.) Immerhin, es werden 60 Zuschauer. Wahrscheinlich, *weil* es die einzig brechtlose Veranstaltung ist.

-ING

Ich habe vergessen, welches -ing es genau war, aber die bayrische Herkunft ließ schon an der zwanghaft bierzeltartigen Sitzordnung erkennen, diese ewig schräggestellten Tische mit Bänken davor, die immer auf einer Seite vehement emporschnellen, wenn der Nachbar am anderen Ende keinen Gedanken an die Gewichtsverteilung verschwendet hat und spontan aufsteht, um jemanden zu begrüssen, der seinen Nachnamen vorne trägt. Und dabei ist Gewichtsverteilung ein zentrales Thema in diesem Bundesland, wo Bier sozusagen zu den körpereigenen Säften zählt. Ich will nicht mal der These folgen, wonach die bayrische Physiognomie sich grundsätzlich von der restdeutschen unterscheidet, dennoch bedarf es unbedingter Erwähnung, dass Schweinefleisch eben besonders viel Gift speichert. Ich weiß daher nicht, wie ich folgende Meldung in der *Süddeutschen* zu bewerten habe, wonach jeder 13. Bayer im Besitz eines Schwerbehindertenausweises ist.

Richtige Stuhlreihen sind hier gänzlich unbekannt. Sie müssen nicht mal weiß-blaue Deckchen auf die Tische drapieren, ich erkenn's am Aufbau. Und vor ihren vasenartigen Trinkgefäßen sitzen diesmal erstaunlich viele Leute, gemessen an meinem Bekanntheitsgrad jenseits des Weißwurstäquators. Ich denke, es zahlt sich letztlich aus, wenn man jahrelang *nicht* vom Bayrischen Rundfunk gesendet wird.

LAUGHING BLUES

Der häufigste Satz in Pressekritiken: „Das Lachen konnte einem im Halse steckenbleiben." Nr. 2 der Hitparade: „Er verstand es geschickt, den erhobenen Zeigefinger zu vermeiden." Der Lachtherapeut rät: Erhobene Zeigefinger sind gar nicht so schlecht, damit kann man nämlich das steckengebliebene Lachen notfalls aus dem Hals herauskitzeln.

Der Fotograf und Teilzeitmanager Jim Rakete hat seinen Beruf gerne als „Aufbauhelfer" angegeben. Nicht wenige Volksmusiker bezeichnen ihre Arbeit hingegen als legale Sterbehilfe. Der Lachtherapeut fährt das Kontrastprogramm, er leistet Lebenshilfe, es sei denn, er bringt seine Patienten dazu, sich so kaputtzulachen, dass sie entzwei gehen. In West-Virginia hat man bereits das erste humorzentrierte Krankenhaus der Welt eröffnet. Wie bei anderen Therapieberufen auch verlieren die teuren Ratschläge auf sich selbst angewandt plötzlich ihre Gültigkeit. Wenn ihn Jammerkummer übermannt oder alttestamentarischer Zorn, wenn er austickt, ausrastet, rumwütet, schreit, dem nächstbesten „Gegenstand einen verlässlichen Richtungsimpuls vermittelt" (W. Simonitsch), gibt der Lachtherapeut das HB-Männchen, nicht anders als seine Kundschaft auch. Was allerdings das Gegenteil von dem ist, was man von ihm erwartet. Gilda Radner, eine herausragende *Comedian* aus Amerika und schwerst krebskrank, sagte in ihrem letzten Interview im *Rolling Stone*, die Ärzte hätten sie immer so angeguckt, als müsste sie augenblicklich was Lustiges sagen.

Darf man Lachtherapeuten trauen? Soll man einem Toupettträger raten, sich an den eigenen Haaren aus dem Sumpf zu ziehen? Brauchen wir sie überhaupt? Aber gewiss! „Es ist leichter, mit einer düsteren Miene herumzulaufen, als fröhlich zu sein", schreibt P. J. O'Rourke. „… wieviele Menschen schaffen es, andere fünf Minuten lang zu unterhalten und zum Lachen zu bringen?" Oder, um mit David Frost zu sprechen: „Vergessen Sie niemals, dass Lachen rückwärts gesprochen Nehcal heißt – das bedeutet zwar nichts, aber wenigstens ist es keine schlechte Nachricht!"

RIEDLINGEN, ETWA 1974

Kwatsch, der Blues bevorzugt den Künstler nicht, der Blues sucht demokratisch alle Sterblichen heim, ohne Ansehen der Person. Andersrum: der Künstler hat seine Tageskrisen zu meistern wie alle anderen auch: den 14-Uhr-Aussetzer, das Halb-drei-Tief, den Viertel-vor-vier-Hänger, das berühmte Fünf-Uhr-Loch usw. Dennoch gibt es archetypische Situationen. Mein Lieblingsbluesmoment sieht mich in der Rolle des Helfershelfers. Wir schreiben das Jahr 1974. Riedlingen, schwäbische Alb. Zusammen mit meinem Freund Gasmann bin ich als Tourneebegleitung für Champion Jack Dupree engagiert. Am Abend vorher hat er uns schon in Verlegenheit gebracht, als er sich ans Klavier setzt und den versammelten 700 Zuschauern verkündet, er würde nur spielen, wenn er augenblicklich ein Glas Cognac (Kohnijäk) bekäme. Cognac – in einem Schulzentrum in der Peripherie einer schwäbischen Kleinstadt – ein Alptraum! Und im Scheinwerferlicht wird kein Lehrer sein Privatversteck preisgeben. Nach einer halben Stunde werden wir downtown Riedlingen fündig, lassen Cognac in eine Colaflasche abfüllen. Jack sitzt nach wie vor unverrichteter Dinge vor dem Klavier, im Auditorium hat sich Unruhe breitgemacht.

Der nächste Morgen: wir sind mit einem altersschwachen Opel unterwegs, d.h. unterwegs sind wir nicht, er streikt. Nicht mal mit Kohnijäk könnte man ihn dazu bewegen, sich fortzubewegen. Das Vehikel stammt wahrscheinlich aus den Tagen der Depression. An einem Sonntagmorgen zusammen mit Jack „Shakespeares Schwager" Dupree, auch schon etwas fragil in jenen Tagen, und seiner schwedischen „Bekannten" Ewa auf der schwäbischen Alb ein Auto anschieben zu müssen, einen Opel!, selbstverständlich in strömendem Regen, mal ehrlich: *How more blue can we get?*

Ich wimmele übrigens von solchen Geschichten, mit denen man zur Not bei Familienfesten die Verwandtschaft in Schach halten kann, mit Geschichten über Musiker oder sonstige Berühmtheiten, die man mal irgendwo kennengelernt hat. Man kann die Leute auch gleich mit Musik ersticken, Hauptsache kein Gespräch aufkommen lassen, kein ernsthaftes, und keine Diskussion, nicht mit diesen Leuten, sonst liest man anderntags in der Zeitung wieder irgendwas Hässliches über ein Familiendrama.

REUTLINGEN

S'tröpfelt, sagt die platinblonde Taxifahrerin, emmer nur so e paar Tröpfle, grad um de Wage dreckig z'mache. Da muss mer ganz schön putze, bis mer des wieder sauber kriagt.

In dieser Stadt Bestandteil des Unterhaltungsprogramms zu sein, ist heuer eine Herausforderung: Ich trete an gegen Kuttelessen und Schlagerabend. Als wäre das noch nicht genug, lädt eine Diskothek namens *Twister* zur „Mega-Neueröffnung". Verlosung eines Ferrari-Wochenendes incl. 200 Mark Benzingeld. Das reicht bei dem Modell wahrscheinlich für dreimal um den Block. Und gebe Gott, dass es nicht tröpfelt.

Die Innenstadt ist bevölkert mit Leuten in schwarzen Blousons, die alle ein bisschen nach Sicherheitspersonal aussehen. Der Auftrittsort ein Ausflug in die 70er Jahre, mit Ausnahme der neuen Barhocker *Holmenkollen*, außerdem hat der Pro-Secco-Umsatz in den letzten Jahren dramatisch angezogen.

„Keim proudly presents the Bagels!" schreit mich ein Plakat beim Bahnhofsbäcker an. Allerdings sonntags nie. Dafür erlebe ich Familienidylle pur, ein Ehepaar mit vier Kindern, zwei davon mit eingefärbten Blondsträhnen. Wahrscheinlich ist Reutlingen eine alte Färberstadt. Mann kommt aus Reisezentrum, drückt Frau Fahrkarte in die Hand, d.h. in einer Stadt mit Bagels heißt das wahrscheinlich Ticket. „Guck nach, ob des au für d' Rückfahrt gilt. Des war so e' Jenseits-Stress am Schalter!" Mann ab, verschwindet im Reiseshop, die *BaZ* zu kaufen. Wenig später Disput auf dem Bahnsteig. Er will wieder zurück in die Halle. „Bloß, weil dir z'kalt isch!", mault sie. Er schießt auf sie los, zieht ihr die zusammengerollte Bildzeitung über den Kopf und verschwindet raschelnd (Flugseide) und schimpfend oder besser bruttelnd, wie man hier sagt. Und hat seine Ruhe, abseits die Zeitung zu studieren. In diesem Moment geht mir die tiefere Bedeutung der Vorliebe sonntäglicher Bahnhofsbesucher männlichen Geschlechts für Jogginganzüge und Renntreter auf: Sie wollen nicht nur optimal für den Sportteil gewappnet sein, sondern verknüpfen damit im kollektiven Unterbewusstsein die vage Hoffnung, jederzeit davonlaufen zu können. Bäcker Keim würde sagen: „Be prepared!"

METZINGEN

Direkt neben dem Bahnhofseingang hatte sich jemand übergeben. Hätte ich als Omen werten sollen. Vielleicht hatte der Verursacher dasselbe Etablissement aufgesucht wie ich. Aber schlauer ist man immer erst hinterher.

Ein Szeneladen. Der Betreiber war selber mal Musiker und sollte eigentlich wissen, wie man fahrendes Volk behandelt. Ich kann mir das Unternehmen nur als Racheakt erklären. Wenn seine Fähigkeiten als Gastronom mit denen des Musikers korrespondieren, wird er über die schlimmsten Kaschemmen kaum rausgekommen sein: soll es doch anderen Künstlern ähnlich beschissen gehen! Die Übernachtungsmöglichkeit ist das beste Argument für meine Vertragsklauseln Hotels betreffend. Oft aber krakeln irgendwelche Hanseln in diesen Klauseln herum, als handele es sich um eine Malvorlage. Bei Hotels bin ich strikt, ich bin in einem eher armseligen Laden groß geworden und möchte möglichst nicht daran erinnert werden, außerdem, verdammt, wieso soll ich unterwegs mieser übernachten als zu Hause? Die Kammer gemahnt mich jedenfalls an die Räumlichkeiten, die wir früher für unsere ausländischen Arbeitnehmer bereithielten. Fehlt nur die Toilettenschüssel, um die Zelle komplett zu machen. Komisch, die schlechtesten Erfahrungen gibt es immer bei den Alternativen. Wahrscheinlich, weil schlecht die Alternative zu gut ist und gleichgültig die Alternative zu interessiert und muffig zu freundlich und spontan zu professionell und und und ...

Da kann ich mich nur zu Kollegen flüchten, zu Robert Gernhardt, der schon in den Achtzigern diese schwäbische Metropole bedichtet hat: „Dich will ich loben, Hässliches, du hast so was Verlässliches!" Zeilen, die auch eine Dekade später nichts von ihrer Aktualität eingebüßt haben. Unbedingt muss nun Christof Stählin zu Wort kommen, der für den legendären Satz verantwortlich zeichnet: „Ich will nicht poofen, ich will schlafen!" Diese Poofe schenke ich mir und nehme auf eigene Kosten ein Zimmer im besten Haus am Platze. Als Gegengift.

STUTTGART

Kurz bevor *Stella Productions*® an die Börse ging, boomten Musicals derart, dass das Singspiel *Sunset Boulevard*© in Niedernhausen einen eigenen Bahnsteig erhielt: Rhein-Main-Theater®. Das war noch gar nichts: in Stuttgart knallten sie wegen *Miss Saigon*© einen kompletten Stadtteil in die Peripherie. Zuerst die üppige Spielstätte, an der sich dann binnen kürzester Zeit ein Einkaufszentrum, Hotels, Restaurants, Sonnenbänke, Garderobenverleih, Fitness-Studios, ein Themen-Bordell *Vietnam*® und ähnliches festsaugten wie Bromelien an einer Sumpfzypresse. Die beliebte „verkehrstechnische Anbindung" durfte nicht fehlen, incl. dem VIP-Landeplatz®, auf dem eilige Prominente® direkt neben dem Hintereingang aus dem Helikopter gekippt werden können.

Politik der bebauten Erde, Wunder der Raumplanung. Im Umfeld des Musicals *Les Misérables* soll man am Niederrhein sogar eine komplette Stadt namens Duisburg© aus dem Boden gestampft haben. Beides muss aber in allernächster Zeit dichtgemacht werden. Sobald irgendwelche Boombranchen an die Börse wollen, kackt das Kerngeschäft ab. So war es bei Borussia Dortmund, so ist es bei Stella®. Es gibt also doch Hoffnung. Ein hübsches Kontrastprogramm fährt in Stuttgart das *Laboratorium*, ein Club, der so traditionsreich ist, dass ich dort junge Leute im Publikum entdecken darf, die unmöglich auf der Welt sein konnten, als ich zum erstenmal dort aufgetreten bin. Von allen deutschen Design-Fachhochschulen werden regelmäßig Exkursionen zum *Lab* veranstaltet, nirgends lassen sich die Geschmacksverirrungen der Siebziger Jahre besser studieren, so wenig hat sich seit damals verändert. Die Leute, die im benachbarten *Schlampazius* vorm Tresen hocken, eignen sich hervorragend als naturbelassene Studienobjekte, haben sie doch unter Garantie seit 1975 keinen Fuß mehr vor die Tür gesetzt.

BACKNANG

Aus dem Programm *Espresso* (1996): „Heute abend sind wir alle hier, um Solidarität mit unseren Schwesterinnen und Brüdern in der Dritten Welt zu bekunden. Der Roland hat während seiner Reise nach Guate ein paar Dias geschossen, die sehr schön zeigen, wie leer die Mienen der Kulis durch ständige Überbeanspruchung geworden sind. Du, danke, Roland! Und jetzt fänd ich's echt toll, wenn wir uns alle an den Händen fassen und dabei die Augen schließen würden und dann total intensiv versuchen, die schlechten Vibes von den armen Kulis wegzudenken." Pause. „Äh ... neulich haben das tatsächlich mal welche gemacht. Ich hab' abbrechen müssen." Erneute Pause.

Irgendwann haben das tatsächlich welche gemacht: sich an den Händen gefasst. Ich hätte beinahe tatsächlich abbrechen müssen. Will gar nicht petzen, wo das war ... Na gut: Backnang. Liegt übrigens keineswegs in Vietnam, auch wenn es in eine Reihe gehört mit Da Nang und Tet Nang, sondern in der Nähe von Stuttgart, im württembergischen Teil Badens und sollte m. E. da auch unbedingt liegen bleiben. Der Spielort befand sich in unmittelbarer Nähe einer protestantischen Kirche. Da könnte ein Zusammenhang bestehen ... Da muss ein Zusammenhang bestehen. Da besteht ein Zusammenhang! Wer in Schwaben etwas nicht besonders mag, sagt: „Es ist halt sehr speziell!" Ausflüge in die Welt der Friedensbewegten haben mich von jeher in kriegerische Stimmung versetzt. Eine häufig schafsköpfige Klientel bar jeden Humors, mit sturzbetroffenen Mienen zwischen Bohley und Drewermann changierend, am gewaltfreien Bier nippend, Tofupralinen mümmelnd, mit Schuhen aus Latschenkiefern klappernd, strickend, häkelnd, bis weit in die Neunziger hinein, mit Originalsätzen wie „Du, find ich aber jetzt nicht gut, da macht man keine Witze drüber!". Sollte der Weltfrieden einst von den Nachfahren der Friedensbewegung gestaltet werden mit ihren Friedensphantasien und ihrer permissiven Gewalt, dann nichts wie raus hier! Mit vielen Ideen könnte ich mich anfreunden, nicht aber mit dem Personal. Das ist halt schon arg speziell.

UNTEREISESHEIM

Ende der Fünfziger, Anfang der Sechziger Jahre muss diese Autobahnausfahrt entstanden sein an der A 8, wir schrieben die Jahre des Aufbaus, und die Menschen vollendeten ihr Werk und sahen, dass es gut war: Zwei großzügig geschwungene Kurven, die jeglichen schwäbischen Pietismus missen lassen, akkurat gezogene weiße Linien, messerscharfe Begrünung, eine gelungene Unterführung. So wurde denn spornstreichs beschlossen: „Isch doch wunderbar! Bauet mer glei noch en Ort dazu!"

Prinzipiell aber nichts zu meckern: 60, 70 Zuschauer, das sind 10 % der Einwohnerschaft. Sie kaufen 24 Bücher. Mit geringfügiger mathematischer Begabung könnte ich das auf die Bevölkerung umrechnen. Einer der wenigen Sätze, mit denen ich nie zurecht gekommen bin, ist der Dreisatz: In wieviel Untereisesheimer Haushalten steht folglich ein Breuer-Buch? Wichtiger allerdings die Frage: Warum passiert einem so etwas nicht einmal in Hamburg? Weil ich a) dort selten hinkomme und b) mehrere Bücher im Angebot habe, d.h. vergriffene Titel, die ich Verlagen abgekauft und preiswert veräußert habe. Die gehen in Schwaben besonders gut weg, nicht etwa, weil dieser Stamm geizig ist – Kwatsch! Die Philosophie ist eine andere, hier greift das sportive Element: „Günschtig" muss es sein! Dann ist er nicht mehr zu halten, der Schwabe.

PFORZHEIM

In Pforzheim durchlitt ich Mitte der Achtziger mein erstes paritätisch besetztes Festival: gleichviele Besucher, Künstler, Ordner, jeweils um die 30. Gigantisch. Eine Dekade später scheint Pforzheims Attraktivität gestiegen zu sein: im Laufe von 10 Jahren, berichtet der Veranstalter, wurden ihm laut einer empirischen Untersuchung der Fachhochschule um die 11 000 Künstler angeboten, in Worten: elftausend! Da muss man sich geradezu geadelt fühlen, wenn sie einen nehmen. Was aber wollen nur alle in der Gold- und Schmuckstadt, die bekanntlich weder goldig ist geschweige denn schmuck? Schwingt da schiere Verzweiflung mit, was die Wahl von Auftrittsmöglichkeiten angeht? Die Bohèmeversion von „Nehme jede Arbeit an!"? Die Sammlung von Video- und Audiobändern im Büroschrank ist nicht minder beeindruckend als der große Kunstharzklotz im Eingangsbereich, der Waffen aller Art umschließt, vom einfachen Messer über den Morgenstern bis hin zur Schreckschusspistole. Das Ergebnis einer Tauschaktion mit Pforzheimer Kids: Waffen gegen CDs. (Gewünscht wurden dabei vorzugsweise die *Böhsen Onkelz* und *Rammstein*.)

VILLINGEN

Wie man mit der Bahncard nach Amerika kommen kann, ist an anderer Stelle beschrieben. In den Achtzigern und frühen Neunzigern gab es in Villingen den Luxus eines ideellen Amerikas, zumindest in der „Scheuer" des ortsansässigen Folkclubs, die mehr Bluegrassgrößen sah als jede andere deutsche Lokalität. Dort hatten sich ein paar Leidenschaftliche zusammengefunden, die Folk, Blues und gelegentlich sogar Kabarett veranstalteten, wie eine mehrere Generationen umfassende Plakatschicht kündete. Ihr Herz jedoch hing eindeutig am Bluegrass, hier kannten sie sich aus, und Villingen war in den USA in dieser Szene ein Begriff: „Have you ever played...?" Fans strömten aus ganz Deutschland und der Schweiz, wenn Peter Rowan sein einziges Konzert im deutschsprachigen Raum gab. (So wie andere 20 Jahre vorher zu Baden Powell anreisten – immer nach Villingen). In der Scheuer war man ganz nah dran, ohne Tartanbahn, die ersten Reihen mussten einiges aushalten an Sprühregen, hinterher ging man wagenradgroße Steaks essen und am nächsten Morgen durften sich die Künstler noch mit Marschverpflegung im örtlichen Schokoladenhaus („Mein wunderbarer Naschsalon") eindecken, dessen Betreiber selbst ein Schwerstabhängiger dieser gebirgigen Musik war und mit seinem Rauschebart und den wehenden Haaren aussah wie der etatmäßige Bassist der Ozark Mountain Daredevils. Villingen war eine Art Bluegrass-Schonbezirk, weil es dort Leute gab, die sich wirklich kümmerten.

Als man Jahre später versuchte, die Plakate von den Wänden zu lösen (zahlreiche Künstler, die zu Ruhm gelangt waren, interessierten sich dafür, inkriminierende Porträts zurückzukaufen), stürzte die Scheuer leider ein. Sie war einzig durch den Leim zusammengehalten worden. So scheiterte der Plan, das Gebäude mit Kunstharz auszugießen und als Kulturdenkmal zu erhalten.

Überall gibt es welche, die so tun, als wären sie woanders. Die ganze Welt wäre gerne woanders. Gut möglich, dass es in Black Mountain, North Carolina ein paar Verrückte gibt, die enthusiastisch einen *Black Forest Club* betreiben.

SCHWENNINGEN

Da Villingen in diesem Buch erwähnt wird, muss ich auch Schwenningen berücksichtigen, sonst kommt es wieder zu Straßenschlachten zwischen den verfeindeten Volksgruppen. Fällt mir um so schwerer, da mir faktisch nichts erinnerlich ist, was auch nur eine einzige Zeile rechtfertigen würde, außer dass ich vor Jahren mal in der Städt. Galerie bei der Vernissage zu einer Lampionausstellung ein paar Worte sprechen durfte, die sinnigerweise am hellichten Tag stattfand. Dabei muss Schwenningen, Manhattan nicht unähnlich, ein unübersichtliches Geläuf sein, kann sich doch der Taxifahrer absolut nicht vorstellen, wo in etwa sich das Uhrenindustriemuseum aufhalten könnte: „Ist das beim Flugplatz draußen?" Sollte ich auch nur ansatzweise mit dem Kopf nicken, wird er mir als nächstes todsicher zwei Flugplätze zur Auswahl stellen; mein Blick auf den zugefaxten, somit nur rudimentär lesbaren Stadtplan belehrt mich jedoch, dass das Museum in bewohntem Gebiet liegt und somit höchstens für Papierflieger geeignet ist. Auch seine Höflichkeit erreicht mühelos New Yorker Niveau. Und wir rasen durch diese samstägliche Erlebnissteppe, passieren rollende Subwoofer voller ausgehungerter Pickelgesichter auf den Straßen, hier ist Auspuffdeutschland, Spoilerdeutschland, Umpfdeutschland, die Schwenninger Ohrenärzte dürfen sich freuen. Im Uhrenindustriemuseum, bitte niemals zu verwechseln mit dem Uhrenmuseum, gibt es ein Café namens „Zum Kuckuck", in dem, wie generös, der Eintritt kostenlos ist, was um so großzügiger erscheint, da Schwenningen sich schon auf der Schwaben zugeneigten Seite der Welt befindet. Uhren, wohin man schaut, und doch weiß scheints keiner, diese Anmerkung sei gestattet, was die Stunde geschlagen hat, denn der Veranstalter lässt mich ausgedehnte 45 Minuten vor dem Museum warten. Vielleicht ticken hier die Leute nicht richtig, aber genau genommen bedarf all das keiner Erwähnung, Schwenningen zeichnet sich durch eine natürliche Ereignislosigkeit aus, für die man in diesen eventüberfrachteten Zeiten fast schon dankbar sein muss. Auch darüber sollte man keine Worte verlieren, es sei denn aus den eingangs erwähnten Proporzgründen, um eine Katastrophe größeren Ausmaßes zu vermeiden. Danke für Ihr Verständnis.

ROTTWEIL

Der neue ICE stoppt sogar in Rottweil. Wieso bin ich hier eigentlich noch nie aufgetreten?* Sonst ist mir doch kaum je ein ICE-Stop entgangen. Zumal hier ja ein begehrter Kleinkunstpreis vergeben wird, der „Rottweiler Rottweiler". Tatsächlich, hier kriegt man, tierliebendes Programm vorausgesetzt, wahrhaftig einen lebenden Hundewelpen überreicht. Soweit bin ich noch nicht. Unter einem wahrhaft inflationären Kleinkunstpreishagel habe ich mich eh bis dato erfolgreich wegducken können. Ich besitze weder das *Scharfrichterbeil* noch den *Stichling*, keine *Mainzer Unterhausglucke*, kein *Schwerter Schwert*, keine *Ingberter Pfanne*, nicht das *Friedberger Fettnäpfchen*, nicht mal das *Ehrenbrikett* der *Sodbrenner von Bad Kreuznach* oder das *Preistöpfchen* der *Vereinigten Senfhersteller*, ganz zu schweigen von einem *Oscar*, einer *Goldenen Palme*, einem *Golden Globe* oder einem *Grammy*, lediglich einen *Emmi* habe ich mal erhalten, und das war auch nur ein *Emmi*-Joghurt. (Aber lecker: Curry-Vanille). Ich habe nicht mal eine Vitrine, ehrlich. Da ich aber kein Spielverderber sein möchte, habe ich für den Fall, heute zufällig einen Preis angedient zu bekommen, eine kleine Dankesrede vorbereitet (Szene nachgestellt): „Vor allem wollte ich danken Gott dem Schöpfer, dass er mein Hirn mit so vielen Pointen ausgestattet hat, meinen Eltern, insbesondere meinem Vater und meiner Mutter, der Wortschleiferei Ronellenfitsch in St. Ilgen, der Winzergenossenschaft Süßliche Weinstraße, der Fa. Knorr für die inspirierenden Buchstabensuppen, dem Goethe-Institut Karatschi, meinem früheren Deutschlehrer Erwin Sack, einem wandelnden Nachschlagewerk in Sachen Dichtkunst – wenn wir mal was nicht wussten, hat er sofort nachgeschlagen, dann noch der Redaktion des großen *Freizeitrevue*-Reimlexikons und der Person an der Theaterkasse, die mich heute abend umsonst reingelassen hat. Vergelt's Gott!"

Sie können schon mal die Flaschen entkorken!

---

* Hat mir keine Ruhe gelassen, habe die alten Folianten gewälzt. Bin doch schon mal in Rottweil aufgetreten, am 1. Juni 1983 in den Kaufmännischen Schulen, die Älteren werden sich erinnern.

WEIL AM RHEIN

Grenzstädte bestechen durch ihre ranschmeißerische Raffgier, selbstverständlich auf Kosten von Anstand und Geschmack. In Weil ist das nicht anders, weil Weil am Rhein liegt und auf der anderen Seite schon Französien. Permanente Goldgräberstimmung ist nicht eben bekömmlich. Eine Stadt, die man tagsüber besser meidet. Abends nach Möglichkeit auch – von wegen nach unten hin sind keine Steigerungen denkbar – im Theater sitzen weniger Leute als in einer gewöhnlichen Bundestagssitzung.

Wobei Weil nicht mal für sich in Anspruch nehmen kann, besonders hässlich zu sein. Vielleicht hat der Nachbar mehr zu bieten? Die Stadt Saint-Louis liegt jenseits des Rheins. Frankreich! Saint-Louis, „la transfrontalière" wirbt in einem schlampig gedruckten Prospekt: „... bildet den Süden des Elsass. Mit einem Hauch von nordamerikanischem ‚Country', einer Spur von Architektur der Jahrhundertwende und einer kräftigen Prise französischer Stadtsanierung ist S-L ein Abbild Frankreichs in der Dämmerung des 3. Jahrtausends ..."

Den Hauch von ‚Country' kann ich nirgends entdecken. Der Umbruch des Prospekts führt „eine Spur von Architektur" zum Zeilenende, erst darunter geht es mit „der Jahrhundertwende" weiter; eine Spur von Architektur ... besser könnte man das nicht ausdrücken, und die Formulierung „eine kräftige Prise französischer Stadtsanierung" lässt das Schlimmste befürchten. Das Elsaß ist doch nur pittoresk, weil die Franzosen in den Fünfziger Jahren zu arm für Biffar und Eternit waren. Wenn sie mal Geld in die Finger kriegen, wird es furchtbar, und Saint-Louis ist da so etwas wie eine Speerspitze schlechten Geschmacks. Eine Stadt, die gar nichts zur Förderung des Selbstbewusstseins beizutragen hat. Aber da Minderwertigkeitsgefühle nach wie vor Volkssport Nummer Eins der Deutschen sind, betrachten sie das Ensemble todsicher als Hort welscher Lebensfreude und Ursprünglichkeit. Okay: Bienvenue!

FREIBURG

Au weia, ein Schleimer, der sich an Künstler ranschmeißt, um selber wie einer zu sein; der Instrumente schleppt, als befähige ihn das zur Virtuosität; der sich welterfahren gibt und einem nebenbei noch eine Kassette mit eigenen Liedern unterjubelt, auch das noch. Wir haben ihn selbstverständlich auflaufen lassen, diesen Angeber. Keine Ahnung, wies bei den Kollegen ist, aber mich erinnert er fatal an ... mich, als ich so alt war und mir Vorteile davon versprach, mit Künstlern rumzuhängen, so wie Kristofferson in Nashville um prominente Aschenbecher herumscharwenzelte, nur dass dieses Kerlchen weitaus besser aussieht als ich und ziemlich sicher besser singt und noch dazu Gitarre spielt. Eine Unverfrorenheit! Natürlich bleibt ihm das nicht verborgen, dass er uns nervt, aber er sagt sich wohl, dass er es uns schon noch zeigen wird, grad was ich damals bei all den arroganten Dampfnasen gedacht habe, die mich als Parvenue verachteten, auch Kritiker und Veranstalter übrigens, bis irgendwann der erste von ihnen ankam, und ordentlich rumbuckelte, nur weil ich so etwas ähnliches wie Erfolg verbuchen konnte. Macht mans nur dafür? Warum nicht!

Jedenfalls habe ich Anfang 20 nie einen Gedanken daran verschwendet, dass ich mit meiner Altklugheit etc. wahrscheinlich so unerträglich war wie ... na, wie jenes Bürschchen im Jazzhaus mit seinen geckigen Korkenzieherlocken, dieser Möchtegern, der irgendwann mal sagen wird: Jetzt, wo ich bekannt bin, grüßt mich dieses Arschloch.

Hallo!

LAHR

Den Frühstücksraum darf ich mit den Mitgliedern des Männergesangsvereins *Germania 1862* aus Driedorf im Westerwald teilen. Es steht zu befürchten, dass sie jederzeit in Gesang ausbrechen, zumal der ständchenverdächtige Muttertag auf dem Kalender steht. Wäre jetzt ein kleines Wortspiel gestattet, ich würde „l'art pour Lahr" bevorzugen. Die Frühstückswüstenei scheint mit den Dekobeständen eines bankrotten Bestattungsunternehmens bestückt worden zu sein: Tischdecken in altrosa und Heerscharen Blumen, die länger als Kakteen ohne Wasser überleben können. Selbst dieses Hotel verfügt über ein Frühstücksbuffett, was ich letztlich der dramatischen Preisentwicklung in der Abfallbeseitigung zu verdanken habe. Die Tische werden dominiert von geschmackvollen Tischabfalleimerchen (wieso gibt es da eigentlich noch keine Mülltrennung?) und Maggiflaschen: hier, im Herzen der deutschen Gastronomie, dürfen Maggifläschchen noch sein, was Maggifläschchen sind: eines der letzten Mysterien der Moderne. Auf den Marmorsimsen glucken sinnlose Hennen aus Ton als Lob des Frühlings? Landlebens? der Bodenhaltung? Frühstücksräume zählen zu den letzten Habitaten der Harlekine, die den Besucher von holzvertäfelten Wänden herunter unnachgiebig anstarren. Eine Wand allerdings wird vom Gesamtpanorama „Kaiserzinne" in Beschlag genommen, einem raumgreifenden Motiv, dem man nachgerade dankbar sein muss, verunmöglicht es doch die Ansiedlung weiterer Clownsfratzen. Im Radio mühen sich die ganze Zeit über amerikanische Kolleginnen & Kollegen des MGV *Germanias* ebenso vergeblich wie unpassend mit ihren Sangeskünsten ab. Raus hier, lieber eine halbe Stunde zu früh am Bahnhof, die Wirtin berechnet 50 Pfennig für den Anruf beim Taxiunternehmer, alles eine Frage des Services, und ich sage beim Auschecken: „Ach ja, und ich hatte noch zwei *Pommérý*-Piccolos aus der Minibar."

„Minibar? Minibar?", wiederholt sie ratlos. „Aber unsere Minibars sind doch leer!"

„Sehen Sie," sage ich, „genau das ist mir auch aufgefallen!"

A. A. D. H.

Keine Ahnung, ob mich bloß eine simple Synapsenstörung zum Wortverdreher gemacht hat, ein besonderer Förderer war zweifelsohne mein Nennonkel G., der brisanten Situationen, so sie denn in dieser Stadt A. am Fuße der H. überhaupt entstehen konnten, mit einem mehr oder weniger gelungenen Wortspiel jegliche Schärfe zu nehmen vermochte. Er beflügelte mich ab dem 6. Lebensjahr mit Wortschöpfungen wie „eine Weibe Scheißbrot" usw. und durfte so uneingeschränkter Zuneigung sicher sein. Inmitten dieser genaunehmerischen Aufbauneurotiker der Fünfziger war er stets Schelm geblieben, der trotzdem seiner Apotheke immer gebührende Aufmerksamkeit zuteil werden ließ. Aber eindeutig war er auf der partyzugewandten Seite dieses Planeten zu Hause, wo Streichholzschachteln mit der Nase weiterbefördert und die Gläser nie leer wurden, was seine Zunge weiter lockerte. Ihm wurden allerlei Gespusis angedichtet, niemand kam je dahinter, dass er mit Frauen weder etwas im Sinn hatte noch am Hut, was natürlich offiziell für einen Angehörigen der Hohtwollé von A. überhaupt nicht in Frage kam, selbst für einen Protestanten nicht. Nie wären seine Präferenzen ans Tageslicht gekommen, wäre er nicht eines Tages mit dem Rücken zuerst aus dem Hochbett seines korsischen Feriendomizils auf den Steinboden geknallt und der Sankafahrer auf dem Weg zum Hubschrauber ... Kurz, der Unfall rief als Helfer in der Not sein tatsächliches Gespusi auf den Plan, einen herzensguten, wenngleich minderbegabten Schauspieler aus B.-B., und wirklich niemand konnte an der Tatsache vorbeisehen, dass es sich, nun ja, um den Prototyp der Schwuchtel handelte. Der steuerte der Leidensgeschichte meines Onkels mit Bravour, Selbstachtung und Selbstbehauptung gegen, schleppte meinen Onkel in jede Art von Öffentlichkeit, was für diesen alles andere als einfach war: Nicht nur querschnittsgelähmt, sondern auch gesellschaftlich unmöglich. Aber wenigstens nicht allein. Allen Schicksalschlägen zum Trotz hat er seinen Humor so lange wie möglich behalten und mir damit nicht wenige Male das Leben gerettet. Umgekehrt hat das nicht so gut geklappt. Meist mehrmals im Monat komme ich ganz dicht an seinem Grab vorbei. Wie ein Pfeil rast der *IC* durch die kleine Stadt. Glatter Durchschuss.

ERKÄLTUNGSBLUES

Pavarotti hat angeordnet, dass ihm Journalisten mindestens zwei Meter vom Leib bleiben müssen, um ihn ja nicht mit Husten oder Heiserkeit anzustecken. Eine wandelnde Bannmeile – als ob das was nützen würde! Als mein eigener Arbeitgeber hilft mir eine Krankmeldung nicht weiter. Ich will ohnehin unter keinen Umständen krank werden – wenn ich bloß daran denke, welche Pfeifen aus meiner Klasse alles Ärzte geworden sind! Wie kann ich der Schulmedizin vertrauen bei den Assoziationen, die das Wort Schule bei mir weckt? Aber nein, als gäbe es für mich eine Teilnahmepflicht an allen Viren, die durch die Lüfte schwirren. Manchmal habe ich soviele Tabletten intus, dass mein Schädel klingt wie eine Maraca, wenn ich als Antwort auf den mitfühlend-genervten Satz „Na, wieder erkältet?" mit dem Kopf nicke. Die Medizin ist undurchschaubar. Unlogisch. Schmerztabletten helfen gegen Schmerz. Wogegen sind dann eigentlich Schlaftabletten? Und was tut mir weh bei Heimweh? Warum sind Fernsehköche nie krank? Ich träume von der Sendung, in der ein völlig verrotzter Vincent Klink herzhaft auf die Schüsseln herabniest oder der ölige Herr Lafer in den Kochtopf trielt ... aber das würde jetzt zu weit führen. Wir alle mussten uns schon an diese saucenverlängernde Aussprache von Alfred Biolek gewöhnen.

Neulich hatte ich eine Bronchitis, da habe ich nachts derart husten müssen, dass ich nicht mehr schlafen konnte. Nach zwei durchwachten Nächten habe ich mir endlich was verschreiben lassen. Und was finde ich auf dem Beipackzettel unter Nebenwirkungen: Schlaflosigkeit! Vielleicht hilft positives Denken weiter: Mag es mir gesundheitlich häufig schlecht gehen, so geht es mir krankheitlich doch 1-A!

Bin jetzt Stammkunde im Michael-Jackson-Fanshop in Badenweiler: Mundschutz und weiße Handschuhe nehme ich immer in der Anstaltspackung. Nur eine Frage plagt mich: warum sind diese *Wick Blau* Hustenbonbons immer, wenn man sie frisch aus dem Papier wickelt, derart klebrig, als hätte sie schon mal jemand im Mund gehabt?

BADEN-BADEN

Man muss gar nicht hochgucken, man merkt es am verstärkten 4711-Aufkommen. An manchen Haltepunkten füllt sich die 1. Klasse ebenso rasch wie das Durchschnittsalter steigt, Düsseldorf, Garmisch, Wiesbaden, oder eben hier, wo die Vergünstigungen des Schwerbegütertenausweises greifen. Natürlich steigen in Garmisch ein paar Fitnesser zu und in Düsseldorf ein paar Models und in Wiesbaden ein paar Art-Direktoren, aber hier ... doch, da kommt wer jüngeres, muss eine Mediantante sein. Und sonst? Die Männer allesamt ab Mitte 50, sie kommen serienmäßig mit umgeschlagenen Halstuch im Hemdausschnitt, die Pferdewetterzeitung hat man ihnen unter die Achseln geschraubt, damit sie die linke Hand frei haben für jene Herrentäschchen, die anderswo längst ausgestorben sind. Diese Stadt ist eines der letzten Paradiese für Heiratsschwindler, hier können sie artgerecht ihrer Passion nachgehen, die Schmeichelheuchler, hier steigt Graf Gnatz zu im Gefolge der Lady Duvulfy-Haeberlin, die er anlässlich der VIII. Internationale der Inkontinenz kennengelernt hat, tagelang sind sie rumgestanden in diesem affigen Groschengrab von Festspielhaus, unter glitzernden Lüstern mit diesem lüsternen Glitzern in den Augen, haben ein paar Kaviarbröckel von ihren Hutschenreuther-Papptellern gepickt und sich die Mundwinkel mit Papierservietten abgetupft, die selbstredend monogrammiert sind, was denken Sie, eine Dame-Edna-Doppelgängerin nickt zwei weiteren zu, und der Rest bemüht sich ebenso redlich wie erfolgreich, wie Spitting-Image-Puppen auszusehen, Menschen, Tiere, Suspensorien; *Tosca* gibt es bereits am Tropf, und, hups, da steht kein Wasser in den Beinen, sondern Pellegrino. V.I.P.R.I.P. Jeder Halt in Baden-Baden vermittelt einem eine vage Idee davon, dass Sterblichkeit durchaus auch ihre guten Seiten haben kann, so oder so.

ÜBERLAND 4: PFALZ

Diesen Bahnlinien haftet schon etwas Melancholisches an, obwohl ich nicht mal weiß, ob die Deutsche Bahn AG gerade diese stilllegen möchte, aber wundern würde es keinen, denn die dauernde Fahrgastaufnahme beeinträchtigt natürlich immens den reibungslosen Zugverkehr. Irgendwann tauchen sie dann in der Serie „Eisenbahnromantik" auf, die ich allen hoffnungslos Sentimentalen ans Herz legen möchte. Von Kaiserslautern nach Pirmasens und von dort nach Landau, quer durch das Hoheitsgebiet der Roten Khmer des 1. FC Kaiserslauterns, durch Gebiete mit zero Prozent Netzabdeckung, dafür teichreich und von dichtem Baumbewuchs, durch Täler, wo Bächen das Mäandern noch gestattet ist, über River-Kwai-Brücken, vorbei an Bahnhöfen, wo Signale wie weiland von Hand bedient werden, von Hand!, mit Haltepunkten, die Ortskids zu spontanen Jugendzentren deklarieren, weil der Fahrscheinautomat das vage Versprechen einer fernen Welt da draußen darstellt. Anderswo erfüllen Omnibushaltestellen, Flaschenbierverkäufe oder skateboardkompatible Unterführungen diese Aufgabe.

Keine zehn Leute im Zug. Der erste Halt, noch in K-Town, heißt vielversprechend Galgenschanze. Der Bahnhof Schopp befindet sich in seinem wohl letzten Stadium vor der Rückeroberung durch die Natur. Der Hang dahinter muss mit Gussbeton zusammengehalten werden. Durch das Tal hat man eine Betonpiste geschossen, sicher auf Geheiß der Amerikaner, die ihre zahllosen ABC-Waffen risikolos durchs unwegsame Terrain wuchten wollten. Die Bahn hingegen verfügt hier über so etwas wie natürlichen Anstand, folgt klaglos, aber kurvenreich dem Lauf der Moosalbe. Mit etwas Glück haben die Tabularasierer der Bahn die Region übersehen, die wundersame Route durch den Wasgau, mit seinen schroffen Sandsteinformationen so etwas wie ein Utah für Anfänger, hier dient Bahnfahren tatsächlich noch so einem altmodischen Zweck wie Fahrgastbeförderung, ergo landen diese Strecken ruckzuck auf der Liste für bedrohte Arten, weshalb man sie bereisen sollte, solange sie noch da sind, nachher ist das Geschrei wieder groß.

PIRMASENS

Früher haben wir das unter verrückte Ideen verbucht: zum Frankfurter Flughafen zu fahren, um Currywurst zu essen. Nach Mainz zum Frühstück im Bahnhof (Ergebnis: ein Totalschaden, ein Rippenbruch). Ein Gewährsmann ermunterte mich, ich müsse unbedingt nach Pirmasens, das sei ein Ort wie aus der Zeit gefallen. Mir ist niemand bekannt, der einfach je aus Daffke dorthingefahren ist: Ein Grund mehr! Viele Leute im Triebwagen, die mir aus der TV-Serie „The Munsters" vage bekannt vorkommen. Die ersten Schuhreklamen. Den Bahnhof Pirmasens-Nord könnte man ohne weiteres dem Beitrittsgebiet zuordnen: Brachland. Die Annäherung an das eigentliche Pirmasens erfolgt eingleisig. Daran gemessen verfügt der Bahnhof über erstaunlich viele Bahnsteige und Gleise. Statt einer Begrüßung prangt gleich neben dem Eingang zum Bahnhofsgebäude ein Schild: „Gas-Hauptabsperrhahn im Zählerkeller". Die erste Tür im Bahnhof führt zum „Niederspannungsraum". Omen? Aus der Zeit gefallen ist dieser Ort jedenfalls nicht: hier steigen Getackerte aus und Cargohosengirlies und Gel-Büblein mit Handy rechts und Yoyo links und auch von den Klostertalern bleibt man hier nicht verschont, es gibt ein „Café-Bier-Pub" und das Angebot, „Parken ohne Kleingeld", d.h. hier nehmen sie nur Scheine.

„Chamäleon entwendet", titelt die *Rheinpfalz* auf der Lokalseite. Da läuft also womöglich einer durch die Fußgängerzone mit einem Chamäleon unter dem Lederblouson (einer Art örtlicher Dienstkleidung). Stirnrunzelnd betrachte ich einen Wasserfall, der sich mitten im Zentrum von einem Stier aus zu Tal stürzt. Sicher nicht die einzige kalte Dusche der Stadt. Eines habe ich mir geschworen: Ich lasse mich keineswegs zu einer eigenen Meinung hinreißen, das erscheint mir ein zu hoher Aufwand: Was soll hier schon anders sein als sonstwo? Ich bin nur hergekommen, um einen doppelten Espresso zu trinken, mehr nicht (s.o.) Während ich darüber sinniere, wie ich mich als Chamäleon jenes urbanen environments namens Pirmasens anpassen würde, Sandstein oder Waschbeton, lenke ich meine Schritte entschlossen in Richtung Niederspannungsraum. Ich passiere Unmengen Autos mit Kennzeichen, die mir irgendwie noch etwas sagen möchten: Sie beginnen samt und sonders mit PS...

SAARBRÜCKEN

In Saarbrücken fällen sie schon mal vierzig Bäume, um einen Parkplatz anzulegen. Hat ja auch irgendwie mit Park zu tun. Wir sprechen hier übrigens von den 90er Jahren, von einer sozialdemokratisch regierten Stadt. *Cut & Go* auch hier. Immerhin hat man als Konzession an den Zeitgeist eine Straßenbahn installiert. Keine große Sache, schließlich wurden erst Ende der 60er Jahre alle Gleise rausgerissen. Um das Volk in die Bahn zu locken, ließ man die Ansagen von einer beliebten Volksschauspielerin sprechen, Dialektkenntnisse sind für Auswärtige aber nicht erforderlich, an der Haltestelle am Hauptbahnhof warten Simultandolmetscher. Den Einheimischen hilft das Idiom indes zur Identifikation mit dem neuen Produkt: „Näkkschder Halt: Johanneskiiiiirsche!" In Saarbrücken pflegt man ja auch den Wortwitz, eine Metzgerei in der Mainzer Straße bietet „Saar-Lami" an. Vorsicht! Bei einem Volk, das vor derlei Scherzen nicht zurückschreckt, und außerdem imstande ist, gewöhnliche Nahverkehrszüge mit der sogenannten *Kaffeeküch'* auszurüsten, die von einem Großmetzger bestückt wird, so dass man neben den üblichen blöden Ansagen über den Lautsprecher auch noch mit Sonderangeboten behelligt wird: „Ein Kringel Flääääschwurscht nur..." – bei diesem Stamm ist man besser auf der Hut.

Gemütlich geht es zu, Müßiggang wird gepflegt. Und auf dem Wasser hat man die Anbindung ans Reich verwirklicht. Warum? Die Saar wurde kanalisiert, damit die Bauunternehmer, die sich beim Ausbau eine goldene Nase verdient haben, schöne Sommerpartien zur Saarschleife mit ihren eigens zu diesem Zweck angeschafften Yachten unternehmen können. Das muss dieses französische *savoir vivre* sein. An den Hochwasserbeschaffungsmaßnahmen lässt man allerdings die Allgemeinheit partizipieren.

BAD HAIR DAY BLUES

Gegenüber des Hauptbahnhofes von Saarbrücken wirbt ein Frisör: „Ohne Voranmeldung Selbstfönen!" Vielleicht sollen Auswärtige damit vor den Einheimischen gewarnt werden, transportiert die Werbung immerhin zwei Botschaften: 1. wohnt dem Saarbrücker ein derart vehement anarchisches Element inne, dass er einfach so, womöglich aus einer Laune heraus, jedenfalls ohne Voranmeldung zum Frisör geht, 2. ist er derart autark, ja, fast schon autonom, dass er sich eigenhändig selbstfönen kann.

Um der Verwahrlosung reisender Menschen wenigstens peripher gegenzusteuern und ein wenig der oftmals reichlich vorhandenen Zeit zu töten, suche ich unterwegs nicht ungerne Frisöre auf. Die elegante Lässigkeit eines Compay Segundo, einem Gentleman klassischen Zuschnitts, der zum Haareschneiden nicht mal den Sombrero abnimmt, liegt mir fern – Gottseidank! Mit allerlei tückischen Wirbeln geht bei mir tatsächlich Zeit drauf.

In Basel gibt es übrigens einen „Coiffeur für Haare". Ein Freund hat einmal auf seiner Homepage die albernsten Namen solcher Etablissements gesammelt, von *Hairport* über *Tête-à-Tête* bis *Headlines*, bis ihm die Festplatte explodiert ist. Geradezu verzweifelt, Bäckereien nicht unähnlich, bemühen sich Frisöre darum, ihrem *unique selling point*, also Haaren, irgendetwas Besonderes abzugewinnen. Neuerdings offerieren sie gerne „Cut and Go", als gäbe es Leute, die aus ihrem Salon einfach nicht mehr wegwollten, trotzig mit verschränkten Armen unter der Trockenhaube verharren und sagen: „Ich geh hier nie wieder weg!" Warum pinseln sie nicht gleich ans Schaufenster: „Achtung! Alle Frisuren auch zum Mitnehmen!"

VÖLKLINGEN

Im Osten kenne ich mich nicht so aus, aber selbst da dürfte es wenige Städte geben, die in puncto Verrottung Völklingen das Wasser reichen könnten. Es würde gut nach Alabama passen oder besser noch nach Mississippi, Staaten, die munter vor sich hinrosten. Irgendwann wird Völklingen vollständig zerbröselt sein. Ein barmherziger Wind trägt es in alle Richtungen davon. Luftbestattung. Luftbestäubung? Spekuliere keiner darauf, das Rost keimfähig ist und an anderer Stelle neue Völklingen entstehen. Bewahre! Aber bei günstiger Wetterlage tragen die Bewohner des Südwestens alle ein kleines Stück Völklingen in sich herum, sozusagen qua urbaner Windbestäubung. Selbst die Schatten auf der Lunge könnten ein Hauch von Völklingen sein.

Ich könnte Ihnen auf Anhieb mehrere Dutzend Städte nennen, die von mir aus gerne diesem Vorbild folgen könnten.

SAARLOUIS-FRAULAUTERN

Das Saarland mit seinem rustikalen Charme bietet auf jeder Tournee gastronomische Höhepunkte sonder Zahl – nicht umsonst nennt der Welsche noch heute den Saarländer Rucksackfranzos'. Im vorliegenden Fall behauptet nun die lokale Kulturortskraft, Saarlouis verzeichne bundesweit die größte Pro-Kopf-Kneipendichte. Das hat man mir auch schon in Neunkirchen versichert, was auf heftige Rivalitäten im Saarland hindeutet. Sollten wir mal dringend intensiv drüber reden, nach Möglichkeit aber nicht jetzt. Absolutes Glanzlicht das Hotel: Keines der acht Zimmer ist wesentlich größer als die Zelle irgendeiner JVA. Dafür aber bar jeden Echtholzmobiliars. Der Aschenbecher auf dem Nachttisch ist gut gefüllt. Das Bett zwar frisch bezogen, aber nicht unbedingt für mich, sondern einen meiner Vorgänger. Der Ausguss liegt fein säuberlich abgeschraubt im Waschbecken. Es gibt eine Gemeinschaftsdusche den Flur hinunter, am Ende eines interessant gestalteten Flures, an dessen Wände Einzelteile verschiedener Schränke gelehnt wurden. Die Tür zur Dusche ist nicht verschließbar. Genaugenommen gibt es keine. Der Duschraum ist mit grünem Filzboden ausgelegt. Er quietscht unter den Schuhsohlen, denn er wird täglich begossen, da die Dusche nicht direkt über einen Vorhang verfügt. Die sanitäre Anlage selbst erweist sich als eine gigantische Petrischale voll wundersamer Keime, der Traum eines jeden Mikrobiologen.

Der Hotelblues ereilt jeden Handlungsreisenden, meist gerinnt er im Laufe der Zeit zu einer brüchigen Anekdote. Wie Robin Williams schon sagte: „Tragödie ist Komödie plus Zeit". Manchmal aber stockt einem doch der Atem. Dieses Haus ist eine Beleidigung seiner Zunft, kein Metier kenne ich besser, eine Woche lang hege ich denunziatorische Gedanken, greife endlich zum Hörer, lasse mich zum Gewerbeaufsichtsamt Saarlouis durchstellen, nenne meinen Namen, mein Anliegen:

„Guten Tag, ich wollte Ihre Aufmerksamkeit gerne auf ein Hotel in Ihrem Zuständigkeitsbereich gelenkt haben ..." Prompte Antwort:

„Meine Se des Rössel in Fraulautere? Ei, des habbe mir ledschde Montag zugesperrt!"

(Petze!)

DILLINGENS U. Ä.

Einen Job abgestaubt, weil eine chilenische Combo mit der deutschen Geografie überfordert war: sie hatten zwei Gigs am selben Tag gebucht, einen in Weingarten bei Ravensburg, den anderen in Biberach an der Riss. Maximal 30 Kilometer. Den Bus mit der Anlage und den Instrumenten hatten sie schlauerweise nach Biberach im Kinzigtal beordert. Minimum 150 Kilometer. Ich begleitete an jenem Tag die Thommie Bayer Band, zum Privatvergnügen, wohlgemerkt, (wir befanden uns sogar im richtigen Weingarten, nicht dem bei Karlsruhe,) wo die Chilenen ratlos bis finster dreinblickten ohne ihre Flöten und umgewidmeten Gürteltiere, und in aufgeräumter Stimmung machten bei uns die alten Geschichten die Runde, von den Amerikanern Bo Lipari & Jim Wimmer, die statt nach Dillingen an der Saar in jenes an der Donau fuhren oder von Hedy West, die vergeblich in Neunkirchen/Saar nach ihrem Auftrittsort fahndete, bis sie ein wohlmeinender Mensch davon in Kenntnis setzte, dass sie vielleicht in jenem Neunkirchen auftreten sollte, das an der Sieg liegt, woraufhin sie sich – what the heck! – kurz entschlossen ins Taxi setzte und die 250 km durchs deutsche Mittelgebirge karren ließ, um letztlich in dem Moment den Auftrittsort zu erreichen, da ein bekümmerter bis ungehaltener Veranstalter gerade die Halle zusperrte. War natürlich weit vor Erfindung des Handys.

Muss das alles sein? Wäre das vielleicht zuviel verlangt von den Saar-Neunkirchenern, in so einem Fall mal eben spontan einen Auftritt zu organisieren und dafür ein paar Bürger als Publikum abzustellen? Wann hat man schon mal die große Ehre, eine Ikone der Folkmusik innerhalb seiner Stadtmauern zu haben? Schließlich handelt es sich um Bürger einer verfreundeten Nation! Also ehrlich: als gäbe es gravierende Unterschiede zwischen Neunkirchen/Saar und Neunkirchen/Sieg! Ich muss doch sehr bitten! Zumindest umbenennen könnte man diese Gemeinwesen, um Verwechslungen fürderhin auszuschließen. Ich möchte mit gutem Beispiel vorangehen und für Neunkirchen an der Saar „Erich" vorschlagen.

NEUNKIRCHEN (ERICH)

Aus mir nicht ersichtlichen Gründen verfügt die Stadt Neunkirchen über einen Zoo, wie ich meiner Zieladresse entnehmen darf: *Hotel am Zoo*. Der sei viel schöner als der Saarbrücker, versichert mir der Fuhrunternehmer. Ich werde es nicht drauf ankommen lassen, ich rede, wenn es um Tiere geht, eher dem offenen Strafvollzug das Wort, wenngleich ich finde, dass das Tier in unserer Gesellschaft maßlos überbewertet wird. Außer Talkshows sieht man im Fernsehen fast ausschließlich Tiere vor der Kamera: Auf dem einen Kanal setzt sich Jane Panda für die Fondabären ein. Zappe ich zum nächsten, lande ich bei den Sackratten im Okawambobecken. „Die Tiere wurden eingekleidet vom Camel-Store!" Was ist nur los – sind unsere Gehirne vernebelt vom Staub der Savanne, den Tausende und Abertausende von Bildschirmantilopen täglich aufwirbeln? Ein Wunder, dass die Viecher da überhaupt Platz finden angesichts der Hundertschaften von Kamera-Kameraden – es wimmelt nur so von Animalpaparazzi! Selbst Kochsendungen arten zu Tiershows aus: Biolek brät, kocht oder dünstet Kreaturen aller Art: „Heut brat ich mir einen Storch in der Etoschapfanne!" Das alles passiert in einem Land, wo trotzdem die meisten Leute eine Manguste kaum von einer Languste unterscheiden können und Linguisten nicht von Linguini, und Termiten mit Terminen verwechseln und Armadillo mit Amaretto und sowieso Zombie mit Bambi und Füchse mit Faxen und den Luchs mit dem Lachs.

Meine stets vorhandenen Hotelbedenken bzgl. Höhe der Räume und Länge der Betten werden im *Hotel am Zoo* immerhin zerstreut: sie bringen meine 1,94 m Körpergröße im Giraffenhaus unter. Der Auftritt selbst findet in einer ehemaligen Reithalle statt, neurenoviert, wie man hierzulande sagt. Sehr schön geworden, hier wäre ich gerne Pferd gewesen oder zumindest apokalyptischer Reiter. Ein Besucher bringt seinen Hund mit, ein Novum, jedenfalls in einer Closed-Air-Veranstaltung. Fragt mich meine Frau, wies gewesen war in Neunkirchen, werde ich antworten müssen: „Einfach tierisch!" Vielleicht ist mein Verhältnis zur Natur etwas angespannt, ich sollte in Zukunft einmal die Woche mit meiner Tochter in den Zoo gehen, um mich von Tieren anstarren zu lassen. Als eine Art Ausgleichssport. Ich werde allmählich komisch.

DER SCHLECHTESTE BLUES DER WELT (1)

Mundharmonikaspieler, da dürften sich alle einig sein, bieten auf der Bühne einen armseligen Eindruck, oder, um es vorsichtig auszudrücken: Sie sehen einfach scheiße aus. Weil sich aber nun bei Auftritten wie diesen reihenweise die Frauen in Typen wie mich zu verknallen pflegen, gibts oft auf dem Nachhauseweg schlechte Stimmung mit den jeweiligen Lebensabschnittsgefährten, weil die Frauen natürlich Vergleiche anstellen mit dem Superkerl, den sie eben zwei Stunden auf der Bühne erlebt haben, und dem Blödmann an ihrer Seite. Wenn nun aber der Superkerl auf der Bühne anfängt, sich in fragwürdiger Weise zu verbiegen und dabei gelegentlich noch Speichel absondert, ist rasch alle Herrlichkeit dahin und auch die Männer im Publikum entspannen sich deutlich. Schließlich sind Männer ja auch Bücherkäufer, gelegentlich. Sehr gelegentlich, aber immerhin. Also ab und an mal ... Fast nie, eigentlich. Bewundernswert daher dieser Solidaritätsakt meinerseits. Ich bin also jener schreckliche Kerl, der nur notdürftig sein Instrument beherrscht, das er bei jedem Anlass rausholt, der „Nein-du-wirst-nicht-singen!"-Typ, den mangelnde Sensibilität, partielle Taubheit und ein manisches Geltungsbedürfnis ins Rampenlicht katapultiert haben.

DER SCHLECHTESTE BLUES DER WELT (2)

Ach Gott, ich sing heut' den Blues
Nicht weil ich das will. Sondern muss.
Obwohl keiner damit was anfangen kann
Das Publikum will heute Spaß. Vielmehr: fun!
Es verlangt heut was leichtes. Was hell's.
Es schreit unverändert nach Musicals.
Für'n Musical fehlte bloß leider das Geld.
Drum sing ich den Blues –
Den schlechtesten Blues der Welt.

    Jetzt sing ich noch immer den Blues.
    Ich mach es nicht gern, doch ich tus.
    Die Kids hörn'n mir alle schon längst nicht mehr zu:
    „Ey, Alter, zisch ab, lass uns bloß in Ruh!"
    Sie waten apathisch im Ecstasysumpf.
    Die Kids hören nichts weiter als umpf-umpf-umpf!
    Für Umpf & für Ecstasy hab ich kein Geld.
    Da greif ich zum Blues –
    Zum schlechtesten Blues der Welt.

Das ist der schlechteste Blues der Welt
Weil er seine Hörer mit Selbstmitleid quält.
Und sich dabei kein bisschen an das im Blues doch
sehr festgeschriebene Reimschema hält.
(Weil das auch gar nicht so einfach ist sich zu behalten, gelt ...)
Was besseres hatt' ich mir schon vorgestellt.
Doch leider, leider, leider,
Ich sag leider undsoweiter
Doch leider fehlts dazu am nötigen Geld.

    Dann sing ich halt weiter den Blues
    Spiel die Harp und stampf mit dem Fuß.
    Beides nicht mal besonders versiert
    Das Publikum hab' ich schon längst deprimiert.
    Es rückt mir allmählich ganz nah auf den Pelz
    Fragt energisch nach Umpf und nach Musicals
    Ich denke, da räum' ich mal besser das Feld
    Drum Schluss mit dem Blues –
    Dem schlechtesten Blues der Welt.

LUDWIGSHAFEN

Mit ihren früheren Machthabern springen die Deutschen nicht gerade freundlich um. Sie benennen ihre hässlichsten Hafenstädte nach ihnen, jedenfalls was Ludwig, Friedrich und Wilhelm anbelangt. (Wer aber waren in dem Zusammenhang Bremer und Cux?)

Schön runtergefotografiert im „Tatort" mit den entsprechenden Filtern und angeschrägten Perspektiven sieht Ludwigshafen wie eine richtige Stadt aus. Nächtens persiflieren die Lichter des örtlichen Chemieriesens die Skyline von New York. Diese Stadt ist auch Schauplatz der weltberühmten „Ludwigshafener Migränetage", die womöglich in engem Zusammenhang mit den Verpuffungen des eben erwähnten Konzerns stehen. Dieser Frage ließe sich sicher am „Tag der offenen Tür" klären, der in der Region allerdings immer flächendeckend einen „Tag des geschlossenen Fensters" nach sich zieht. Beeindruckend das verschlungene Hochstraßensystem, das Tom Wolfe wahrscheinlich Anregungen für die Grundkonstellation seines Romans „Fegefeuer der Eitelkeiten" geliefert hat. Doch Ludwigshafen ist mehr – eine Doppelresidenz. Es verfügt zwar nicht über derart prächtige Barockbauten wie Rastatt, Bruchsal oder Ludwigsburg (scheint's alle vom selben Konzern), bietet aber dem Heiligen vom Oggersheimer Kreuz Obdach. Ebenso residiert hier ein gewisser König Banza aus Ghana, der Spiegel berichtete darüber. Wie es daheim in Ghana aussieht bzw. zugeht, mag man schon gar nicht mehr wissen von jemanden, der es in Ludwigshafen hübsch genug findet, um zu bleiben. (Sollte ich übrigens jemals mehr über Afrika schreiben, so würde ich den Titel der *Süddeutschen* klauen, die einmal über Unruhen in der Transkei titelte: „Razzia in Umtata". Welcher Redakteur hätte da bei dieser Nachrichtenlage widerstehen können?)

MANNHEIM

Unerträglich, wie die Mannheimer damit prahlen: Man würde nicht nur die ersten drei Anfangsbuchstaben teilen, sondern sowieso sei Manhattan nach Mannheimer Muster angelegt: Quadratisch, praktisch gut. Beide Städte hätten gleichermaßen unter den großen Heimsuchungen der Neuzeit zu leiden: Crack und Fahrradkurieren. Statt *Little Italy* böte Mannheim *Little Istanbul*, die Friesenheimer Insel könne man mit etwas gutem Willen als Ellis Island durchgehen lassen. Nur was das Aufpolieren der Arbeitslosenstatistiken anginge, könne Mannheim lernen: in Manhattan seien 85 % der erwachsenen Bevölkerung als Wachpersonal beschäftigt. (Der Rest: Börsenmakler). In nicht wenigen Vierteln beider Metropolen könne man sich einfaches Wohnen als Praktikum der Sozialarbeit anrechnen lassen. Die *OEG* tauge zum Surfen kaum weniger als die *Subway*, die Zeugnisse sprühender Lebensfreude wären ebenfalls allerorts zu bewundern. Shrinks gäbe es in beiden Städten genug, aber Mannheim könne noch mit dem „Zentralinstitut für seelische Gesundheit" auftrumpfen. Sowieso sei die Mackenmetropole Heidelberg nicht weit.

Der Verkehr sei nicht verkehrt, auch in *Monnem* sagten sie im Radio längst *stop and go,* so international sei das alles, dazu wimmele es nur so von Straßenkreuzern, also Hunden ohne Stammbaum – während in Schmelztiegelstadt ja sogar die *heißen Hunde* ausgerottet werden. Die einzigen Konzerte, für die man immer ein Ticket bekomme, seien Hupkonzerte. Freitag nachmittag um vier ginge es auf dem Kaiserring ärger zu als auf der letzten Ausfahrt Brooklyn, verbunden mit einer Loftverschmutzung, dass es eine Sau grause. Nicht auszuhalten! In der Kurpfalz sagen sie großmäulig: Wer Mannheim überlebt hat, kann überall überleben. Wenn New York wirklich die „Stadt der Städte" wäre, wieso blockierten in den *Gelben Seiten* Umzugsfirmen ganze 48 Seiten, von 933 bis 981? Das Licht am Ende des Tunnels sei in New York bloß New Jersey, Mannheim könne da Ludwigshafen gegenhalten – zwar nicht ganz der „große Apfel", aber immerhin ist auf der anderen Rheinseite die „große Birne" zu Hause. Wenn denn eines Tages die Apokalypse über die Erde hereinbräche, wäre allerdings Schluss mit den Gemeinsamkeiten: New York City sei als Apfel nur kompostierbar, Mannheim indes, Fanfare, Sondermüll.

MONEY BLUES

Auftritte sind allmählich die Ausnahme. Ich bevorzuge es, innerhalb meiner eigenen vier Wände zu bleiben, trau' mich kaum mehr aus dem Haus. In Deutschland bewaffnen sich nach amerikanischem Vorbild schon die Kids, ABC-Schützen, der Name sagt es ja. Um irgendwie meinen Lebensunterhalt zu bestreiten, habe ich mir gerade eine „Homepage" einrichten lassen, also eine Heimatseite. Baldmöglichst will ich komplett auf virtuelles Kabarett umsatteln. Sozusagen eine multimediale Insulting-Firma aufziehen. Wenn das nicht klappt, werde ich's als elektronischer Bankräuber versuchen: „Online Robbing".

„Geben Sie jetzt Ihren Waffentyp ein!" Klick.

„Wollen Sie diese Bank wirklich ausrauben?" Klick-Klick.

Die Technik ist natürlich noch nicht ausgereift, vor allem beim Datenschutz hapert es. Nicht selten klicken nach der Maus rasch die Handschellen. Die Firma in Lippstadt, die Blaulichter für Streifenwagen herstellt, hat jüngst erst wieder 500 neue Mitarbeiter einstellen können. Einen dummen Fehler konventioneller Bankräuber werde ich aber sicher vermeiden: meist werden diese am Flugschalter von *Lufthansa* oder *Varig* geschnappt, weil sie ebenso prinzipiell wie störrisch den Flieger nach Rio buchen, obwohl auch Paderborn über einen geeigneten Flughafen verfügt. Und dort würde sie keiner vermuten, weswegen Inlandsschalter auch weniger kontrolliert werden.

Vielleicht probier ichs aber erstmal mit Internetschnorren, die „Hastemal-ne-Mark?"-Homepage. Ich weiß nämlich nicht, was schlimmer ist: Paderborn oder Knast? Als sie damals die letzten RAF-Terroristen in der DDR schnappten und verurteilten, dachte ich mir: Seit wann kann man für dieselben Straftaten zweimal bestraft werden – diverse Jahre Plattenbau in Bitterfeld waren garantiert kein Zuckerschlecken.

ARMADILLO BLUES

Für mich wirds eigentlich höchste Zeit, das Kerngeschäft Kabarett aufzugeben; vollkommen überaltert, die Branche, total endkrass, die Kids kriegt man kaum mehr in die Theater rein, die haben Wichtigeres zu tun, holen sich ihre Kicks mit future bonds und dergleichen. Gerade wurde in Japan ein neuer Fernseher vorgestellt, da flimmern 24-Stunden lang ununterbrochen die Börsennachrichten über den Schirm und das eigentliche Programm sieht man unten als schmalen Streifen. Will man einem Sechsjährigen irgend eine lustige Story vom Dachs in seinem Bau erzählen, können Sie sich ausrechnen, woran der denkt. Wer als Achtjähriger noch keinen Hörsturz gehabt hat, darf auf dem Schulhof überhaupt nicht mitreden!

Ich habe keinen Schimmer, wie man Jugendliche ins Theater lockt. Vielleicht sollte auf dem Plakat stehen: „Extremkabarett und Anlagetips! Eintrittskarte gilt auch als Optionsschein." Sage keiner, die neue Generation sei nicht an Kunst interessiert. Sie zeichnen wie die Wilden. Sie zeichnen – Aktien. Ich sollte mich dringend börsenfähig machen. Oder endlich umorientieren. In New Braunfels in Texas haben sie gerade die Stelle des Gürteltierdichters neu ausgeschrieben. Wurde auch mal Zeit, das endlich mal jemandem aufgefallen ist, dass sich da in den letzten 30 Jahren wenig bewegt hat. Kein Wunder, dass die Welt auseinanderfällt. Ich jedoch bin gewappnet und schicke folgendes Gedicht über den Teich:

> Zur Dürrezeit das Gürteltier
> Verharrt auf seinen Krallen.
> Es muss den Gürtel zwo-drei-vier-
> Fünf Löcher enger schnallen.

WALPOLE

Liegt zwar nicht in Deutschland, aber der Auftrittsort ist dermaßen deutsch, wie man ihn in Deutschland schwerlich finden kann. Überhaupt bergen Auftritte im Ausland eine merkwürdige Perspektive: Häufig ertappe ich mich dabei, dass ich Deutschland verteidige: „Na, also so schlimm ist es nun auch wieder nicht!" Umgekehrt lassen die rührend besorgten Amerikaner nichts unversucht, mich an die Schrecknisse meiner Heimat zu erinnern, konfrontieren mich mit Nahrungsmitteln, um die ich in Deutschland seit Jahrzehnten einen großen Bogen mache: „Schwarzwälder Kirsch". Oder sie experimentieren mit „Brauchtum". In Dearborn, Michigan, durfte ich amerikanische Deutschlehrer in einem „German Restaurant" unterhalten: da hingen Schinken an der Wand „wie vom Führer persönlich" gemalt, wie eine spitze Zunge anmerkte. Überhaupt werden Amerikaner nicht müde, mir allerlei Deutschtümeleien angedeihen zu lassen, als hätten mich nicht gerade diese aus dem Land getrieben.

In Walpole, Massachusetts tritt der *Deutsche Schulverein* als Veranstalter auf, der – gottseidank – hinter meinem Rücken sein Motto kundtut:

INHALT

A.a.d.H. 94

Amerika 61

Armadillo Blues 110

Arnsberg 34

Augsburg 78

Backnang 85

Bad Ems 16

Baden-Baden 96

Bad Hair Day Blues 100

Berlin 58

Bielefeld 46

Blues In The Bottle 56

Bluesmusiker 20

Bonn 24

Celle 52

Der Blues des Heimatvertriebenen 8

Der Blues des Tourneereisenden 10

Der Blues des Vergnügungsreisenden 11

Der schlechteste Blues der Welt (1) 105

Der schlechteste Blues der Welt (2) 106

Deutschland 41

Dillingens u.ä. 103

Dinslaken 37

Dortmund 40

Düren, Waldkraiburg 32

Erkältungsblues 95

Ernährungsblues 18

Eschweiler 31

Fulda 66

Frankfurt 68

Freiburg 92

Gelnhausen 67

Glauchau 60

Grabfeld 70

Großkunstblues 27

INHALT

Habichtswald 64
Hachenburg 17
Hagen 38
Hannover 49
Haßfurt 75
-haven 54
Hürth 25
-ing 79
Ingelheim 14
Italien 42
Kassel 63
Kleinkunstblues 26
Koblenz 19
Köln 28
Krefeld 36
Kulturauftragsblues 35
Lahnstein 15
Lahr 93
Langenhagen 51
Laughing Blues 80
Ludwigshafen 107
Lüneburg 53
Magdeburg 57
Mainz 13
Mannheim 108
Marburg 65
Mayen 21
Metzingen 83
Minden 44
Money Blues 109
Mother Tongue Blues 50
Neunkirchen (Erich) 104
Niemandsland 71
No Sex, But Crime & Blues 74
No Shoes, No Blues, No Service 7

INHALT

Obernburg 72
Osnabrück 47
Pforzheim 87
Pirmasens 98
Prüm 23
Radioblues 29
Railroad Blues 62
Reutlingen 82
Riedlingen, etwa 1974 81
Rostock 59
Rottweil 90
Saarbrücken 99
Saarlouis-Fraulautern 102
Schwenningen 89
Siegen 33
Sommerhausen 73
Stuttgart 84
Sylt 55
Straßenblues 48
Tee-Vee-Blues 30
Traveling Salesman Blues 9
Trier 22
Tropenland 77
Unna 43
Untereisesheim 86
Überland 1: Bingen-Koblenz 12
Überland 2: Bistroland 45
Überland 3: Darmstadt-Glanzstoffwerke 69
Überland 4: Pfalz 97
Villingen 88
Völklingen 101
Walpole 111
Weil am Rhein 91
Wendelstein 76
Witten 39

Für Andrea und Celia.

Mit großem Dank an Thommie Bayer, Bernd Oehler, Michael Schulte, Claudia Keil-Mahler, Petra Eggers, Ingrid Fröhling.

„-haven" für Henning Venske. „Gelnhausen" für Urban Priol. „Frankfurt" für Werner Klein. „Tropenland" für Götz Wörner. „Kassel" für Bernd Gieseking und Martin Storm. „Baden-Baden" für Herbert Antl. „Augsburg" für Benno Käsmayr. „Villingen" für Hansjörg Malonek und Michael Hils. „Bielefeld" für Rainer Schürmann. „Mannheim" für Horst Hamann. „Dillingens" für Susanne Scherer. „Saarbrücken" für Lutz Hahn. „Witten" für Ingo Nordhofen und Rolf Doebner. „Walpole" für Manfred von Hoesslin. „Trier" für Udo Marx. „Sylt" für Matthias Reckert. „Berlin" für Inge Mücke. „Bad Ems" für Christa und Franz Schill.

Unter besonderer Würdigung aller herzerwärmenden Auftrittsorte, von denen ich stellvertretend herausheben möchte den „Musikantebuckel" in Oberotterbach, die „Kumedi" in Riegel, das „Bockshorn" in Sommerhausen, das „Badehaisel" in Wachenheim, das „Haus Waldfrieden" in Alf und die „Klag-Bühne" in Gaggenau.

The Blues is here to stay? They would know:
Siggi A. Christmann, Tom Schröder, Christian Pfarr, Manfred Miller. Thanks.

In memoriam Pierre Bailly, Christian Bleiker, Hildegard Doebner, Günter Ehrhardt, Shine Forbes, Egbert Höner, Grete & Albert Jordan, Heinz Loeser, Bernhard Schmitz, Jan Zylber.